藏在地图里的世界名著

80天环游地球

[法]儒勒·凡尔纳 著　　尚青云简 编绘

北京理工大学出版社
BEIJING INSTITUTE OF TECHNOLOGY PRESS

版权专有　侵权必究

图书在版编目（CIP）数据

80天环游地球 /（法）儒勒·凡尔纳著；尚青云简编绘. -- 北京：北京理工大学出版社，2024.2
（藏在地图里的世界名著）
ISBN 978-7-5763-3123-3

Ⅰ.①8... Ⅱ.①儒...②尚... Ⅲ.①幻想小说–法国–近代 Ⅳ.①I565.44

中国国家版本馆CIP数据核字（2023）第212273号

80天环游地球

责任编辑：	张文峰　顾学云	文案编辑：	张文峰　顾学云
责任校对：	周瑞红	责任印制：	李志强

出版发行 /	北京理工大学出版社有限责任公司
社　　址 /	北京市丰台区四合庄路6号
邮　　编 /	100070
电　　话 /	（010）68944451（大众售后服务热线）
	（010）68912824（大众售后服务热线）
网　　址 /	http://www.bitpress.com.cn

版 印 次 /	2024 年 2 月第 1 版第 1 次印刷
印　　刷 /	河北盛世彩捷印刷有限公司
开　　本 /	787 mm×1092 mm　1/16
印　　张 /	7.5
字　　数 /	96千字
审 图 号 /	GS京（2023）1893号
定　　价 /	180.00元（套装共5册）

图书出现印装质量问题，请拨打售后服务热线，本社负责调换

阅读，让孩子看世界

美国著名诗人沃尔特·惠特曼在他的诗《有一个孩子向前走去》中这样写道：

"有一个孩子每天向前走去，

他看见最初的东西，他就倾向那东西，

于是那东西就变成了他的一部分，

在那一天，或在那一天的一部分，

或继续好几年，或好几年形成的周期……"

如果孩子看到"最初的东西"是这套世界名著呢？那么它将怎样影响孩子的一生呢？

世界名著不仅能让孩子领略大文豪们的风采，还能感悟那些藏在故事中的人生哲理，让他们成为思想深刻的人。但是，如何选择一套适合孩子阅读的世界名著呢？既然是世界名著，那么就要让孩子放眼看世界，让他们从阅读中了解更多的国家和城市，拓宽眼界。《藏在地图里的世界名著》是一套用地图与名著巧妙结合的图书，以全新的视角、独特的形式让孩子"读世界名著，知世界地理"。如果你是个文学爱好者，也是个地理狂，那就让我们一起来看看这套特别的世界名著吧！

地理笔记与文中地名相对应，内容丰富、有趣，用语精练。

地图的融入为本书最大特色，地理位置清晰可见。

手绘插图，让故事情节跃然纸上。

目录 CONTENTS

第一章 神秘的福格先生 / 8

第二章 仆人万事通的到来 / 10

第三章 俱乐部里众人豪赌 / 12

第四章 做好准备即刻出发 / 16

第五章 警察局局长收到电报 / 18

第六章 焦急的菲克斯侦探 / 20

第七章 通过护照寻找坏人 / 24

第八章 从谈话中寻找细节 / 26

第九章 渡过红海和印度洋 / 30

第十章 万事通赤脚出逃 / 34

第十一章 福格用高价买大象 / 38

第十二章 通力营救印度美女 / 40

第十三章 顺利穿越恒河山谷 / 42

第十四章 莫名其妙惨遭扣押 / 46

第十五章　一路跟踪的菲克斯 / 50

第十六章　新加坡、中国香港一路行 / 56

第十七章　冤家路窄总聚头 / 60

第十八章　暴风雨中紧急呼救 / 62

第十九章　横滨区的外籍人士 / 68

第二十章　万事通成了"小丑" / 70

第二十一章　登上"格兰特将军"号 / 74

第二十二章　混乱的旧金山选举 / 78

第二十三章　火车与野牛的较量 / 82

第二十四章　火车上的摩门教士 / 86

第二十五章　风雪中前进的火车 / 88

第二十六章　印第安人袭击火车 / 92

第二十七章　闯过鬼门关的人们 / 96

第二十八章　坐雪橇沿路飞驰 / 98

第二十九章　"亨利埃塔"号的船长 / 102

第三十章　疯狂的破坏与救赎 / 106

第三十一章　福格又被关押起来 / 108

第三十二章　无限自责的万事通 / 110

第三十三章　大卖的"福格股票" / 114

第三十四章　出人意料的结局 / 118

第一章

神秘的福格先生

1872年,在伦敦塞维尔街七号的伯林顿花园里,住着一位贵族绅士,名叫费雷亚斯·福格。

福格是个特别神秘的人物,他平时不爱说话,也不爱与人交往,既没有家庭,也没有什么亲朋好友。他不搞金融,不做生意,不参与政治,也不从事法律,不开工厂,不办农业,更不参加什么协会……人们看不出他到底做什么工作,但他却十分有钱。生活上,他既不大肆挥霍,也不小气吝啬,遇到公益慈善之类的事情,总会默默地捐些钱。

别看福格如此低调,他竟然成了人人向往的改良俱乐部的成员。据说,福格曾在巴林兄弟的银行存过一大笔钱,于是巴林兄弟就介绍他加入了这个尊贵的俱乐部。

连同俱乐部的人都感到奇怪:福格通晓世界地理,即使再偏僻的角落,他也了解得仿佛去过一样。要知道他多年来天天泡在俱乐部,并没有离开过伦敦。他只有两个爱好:看报和玩牌,都是比较安静的活动。他牌技高超,经常赢钱,不过他把这些钱都拿去做了慈善。

福格的生活非常有规律,且十分守时。每天上午11点半,他都会准时推开家门,走到改良俱乐部,在那儿待上一整天,直到晚上12点准时回家。福格不仅自己这样,还要求仆人也必须严格按他制定的工作事项表做事。他唯一的仆人就因为准备的洗脸水温度比平时低了2摄氏度而被辞退了。

10月2日11点,福格准备约见新仆人——一位30岁左右的小伙子。

"你是 法国 人约翰吧？"福格问他。

"我叫让，"对方回答，"外号叫'万事通'，就是能处理各种事情的意思。我这个人很诚实，有话就直说。来这之前我做过流浪歌手、马戏演员、体育教练，最后还当了一阵消防员。现在我想稳定下来，听说您时间观念强，生活比较简单，便想到您家里来安静地生活，'万事通'这个外号不要也罢。"

"其实'万事通'这个名字挺好的。"福格说，"你的情况我了解了，你知道我的要求吗？"

"知道，先生。"

"很好，现在几点了？"

"11点22分。"万事通掏出怀表回答。

"你的表慢了4分钟，千万要记住。好，从1872年10月2日上午11点26分起，你就是我的仆人了。"

说完，福格戴上帽子，一声不响地走出小客厅，准时出门前往改良俱乐部。

> **我的地理笔记**
>
> ▸ 法国
>
> 位于欧洲西部，是欧洲国土面积第三大的国家；
>
> 西临大西洋，西北面对英吉利海峡；
>
> 与比利时、卢森堡、德国、瑞士、意大利、西班牙等国接壤；
>
> 首都巴黎，浪漫之都，风景迷人；
>
> 在南美洲和南太平洋还有一些海外领土；
>
> 葡萄酒是全世界最有名的；
>
> 法国人喜欢运动，跑酷这项运动就起源于法国。

凡尔赛宫是巴黎著名的王宫，也是世界五大宫殿之一。

科西嘉岛

第二章

仆人万事通的到来

在刚才见面的短短几分钟里，万事通已经对福格从上到下地观察了一番。福格40岁左右，个子很高，稍微有点儿胖，可以说是风度翩翩，面容端庄清秀，皮肤白净，嘴里一口整齐的白牙。万事通认为，福格个人修养良好，遇事冷静，内心执着，这种典型的绅士形象在英国挺常见。

而万事通呢，则是个土生土长的巴黎人。他身材魁梧，肌肉结实，力气很大。圆溜溜的脑袋上长着乱蓬蓬的棕色头发，红扑扑的胖脸蛋上有一双碧蓝色的眼睛。他不仅相貌讨人喜欢，而且为人热情又温和，殷勤又不失正派。他已经来英国5年了，一直在伦敦给人当用人，可惜那些雇主不是脾气暴躁，就是爱冒险旅行，总是碰不到合适自己的。听说福格的情况后，他便来到这里应聘了。

现在家里只剩下万事通一个人了。他将整幢房子巡视了一番，从地下室到阁楼各处都看了个遍。这幢房子并不算豪华，但十分整洁，一切井然有序，而且舒适、方便。

万事通很快在三楼找到了仆人住的房间。这间房令他相当满意，里面还装有电铃和传话筒，方便跟房子里的其他房间联系。壁炉上面有个挂钟，它跟福格卧室里的挂钟时间一样。这时，两个钟同时精准地敲响了，说明分秒不差。

"太棒了，这儿太适合我了！"万事通自言自语地说。

万事通在自己的房间里发现一张工作事项表，就贴在挂钟顶上。表上列出了他每天要干的全部差事。从早上8点福格起床开始一直到11点半去俱乐部，所有的工作细节都包含在内：8点23分将茶和烤面包端上桌，9点37分准备好刮胡子的洗脸水，9点40分梳理头发等。

　　之后是从上午 11 点半一直到晚上 12 点福格回家睡觉期间的事宜，事无巨细地全部写在上面，安排得井井有条，交代得清清楚楚。万事通看到这些规律的作息高兴不已，把这张工作事项表认认真真地读了一遍，并把各种细节一一记在心上。

　　全面仔细地察看了所有房间后，万事通情不自禁地搓着双手，胖胖的脸蛋上露出扬扬得意的笑容，不停地念叨说："这可太好了，这样的差事真是求之不得，福格先生和我准能合得来。他不喜欢出去折腾，做事规规矩矩，和一台机器没什么两样，伺候机器我还有什么可抱怨的呢！"

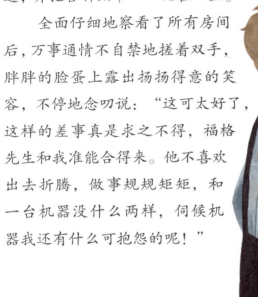

第三章
俱乐部里众人豪赌

上午 11 点半，福格和往常一样，准时离开了塞维尔街的家。他迈了 575 次右腿和 576 次左腿，一步不差地来到了令人向往的改良俱乐部。

福格直接走进餐厅，里面朝着花园的窗子都开着，因为是秋天，花园里的树都变成了金黄色，景色不错。他来到自己的专座，这时桌上的餐具也已经摆好了。他的午餐是一份小吃、一条酱汁烧鱼、一盘烤牛排，另外还有一块干酪。吃完这些，他又喝了几杯改良俱乐部特备的好茶。

中午 12 点 47 分，福格站起身走向大厅。这间大厅富丽堂皇，装饰着许多名画。侍者递给他一份《泰晤士报》，他一直看到下午 3 点 55 分。接下来，他又看了《标准报》，一直看到吃晚饭。晚饭和午饭差不多，只不过多了一些蜜饯果品之类的。下午 5 点 40 分，福格又回到大厅，专心读他的《每日晨报》。

再过半小时左右，改良俱乐部的其他会员都陆续来到大厅里，聚集在温暖的壁炉前。福格有几位固定的牌友，都和他一样爱玩牌。其中有工程师安德鲁·斯图尔特、银行家约翰·叙利旺和萨米埃尔·法郎丹、啤酒批发商托马斯·弗拉纳甘、英国国家银行董事会董事戈捷·拉尔夫。

"对了，拉尔夫，"托马斯·弗拉纳甘突然问道，"那起盗窃案怎么样了？"

"别提了，"安德鲁·斯图尔特接过来说，"还不是银行赔几个钱算了。"

"我可不这么想，我认为警方会抓到那个贼的。他们已经派了很多优秀的侦探到美国和欧洲，把守所有进出口港口和码头。"戈捷·拉尔夫说。

"他不是贼，《每日晨报》已经证实了他是位绅士。"福格慢慢从报纸里探出头来说。

原来他们谈论的是三天前发生的盗窃案，也就是 9 月 29 日那天，有一捆 5.5 万英镑现金，竟然从英国国家银行出纳员的柜台上被偷走了。有人提供线索说，在 9 月 29 日这一天，确实有一个人在案发地点徘徊了很久，但他看起来一副衣冠

楚楚、神情高贵的绅士模样。警方进行了大量细致的调查，最终获得了这位绅士的外貌特征，并把他迅速通告给欧洲大陆的每一个侦探，此外还出重金悬赏捉拿嫌疑犯。

没过多久，这件事就成了伦敦乃至全英国热议的话题。人们为此争论不休，有人认为警方能成功破案，有人则断言没有人能查出真相。戈捷·拉尔夫确信警察能破案，但是安德鲁·斯图尔特却不信："我认为这个贼能逃掉，只要他够机灵！"

"算了吧，"拉尔夫回道，"他能逃到哪儿去？""这我不知道，"安德鲁·斯图尔特说，"但是这世界上能去的地方多着呢。""那是以前。"福格小声说。

安德鲁·斯图尔特还是听到了，说："什么，以前！地球难道现在缩小了？"

"我同意福格先生的看法。"戈捷·拉尔夫说，"如今环球一周比100年前要快上10倍，也就是说，这件案子侦破的速度也会更快。"

斯图尔特不服气地说："拉尔夫先生，照您的说法现在环游地球只要3个月吗？""只需要80天。"福格说。

"没错，先生们，"约翰·叙利旺插话道，"在印度半岛铁路通车之后确实能做到。你们看，《每日晨报》还刊登了一张时间表：

"从伦敦到苏伊士（铁路和邮轮）7天，从苏伊士到孟买（邮轮）13天，从孟买到加尔各答（铁路）3天，从加尔各答到中国香港（邮轮）13天，从中国

我的地理笔记

横滨

日本著名的国际港口城市；

位于日本关东地区南部，与东京湾相邻；

人口稠密，总数仅次于日本首都东京；

一年四季温差较大，雨量多集中在春季和秋季；

横滨港是日本最大的海港，专用码头能停靠15万吨级的大型货船呢；

这里还有著名的中华街，是华人聚居的地方。

这里有上百家中国餐馆。

香港到日本 **横滨**（邮轮）6天，从横滨到旧金山（邮轮）22天，从旧金山到纽约（铁路）7天，从纽约到伦敦（邮轮和铁路）9天，总天数是80天。"

"80天！"安德鲁·斯图尔特叫道，"如果遇到坏天气、逆风、海难、火车脱轨，或者野蛮人拦劫火车呢，这些计算在内吗？""嗯，都算进去。"福格答道。安德鲁·斯图尔特说："理论上是这样说，可实际做起来……"

"实际做也一样。"福格说道。

"上帝啊！"斯图尔特大声说，"我敢打赌，80天是不可能完成环球旅行的。""完全可能。"福格回答。

"那您就试试吧，80天环游地球一周。"

"我很乐意。"福格回道。"好吧，福格先生，咱们说定了，我赌4000英镑！""好！"福格转向大家，"我有2万英镑存在巴林兄弟的银行里。我愿用这笔钱赌一把。你们愿意赌吗？"

"我们跟你赌。"斯图尔特、法郎丹、叙利旺、弗拉纳甘、拉尔夫商量了一下，最终达成了一致。

"今晚到多佛尔的火车8点45分开。我就坐这班车走。"福格看了看日历后又说，"今天是10月2日星期三，那么，我应该在12月21日星期六晚上8点45分回到伦敦，还回到俱乐部的这个大厅。先生们，如果我没有如期回来，那2万英镑到时就归你们了。这是一张开有相同数目的支票。"

大家起草了一份打赌的字据，六个当事人签了名。这时，7点的钟声敲响了。

第四章
做好准备即刻出发

7点25分福格开始往家走,7点50分推开了自家的大门。这时,万事通看到福格突然回来,特别奇怪。他拿着表,对主人说:"现在还没到晚上12点呀。"

"我知道,"福格说,"我们10分钟之后要出发到 多佛尔 和 加莱 。"

万事通蒙了,还以为听错了,问:"您是要出门吗?""是的,"福格回答,"我们要环游地球。"

万事通的眼睛瞪得老大,眼皮和眉毛直往上翻,整个身子都瘫软了一般,咕哝说:"环游地球……"

"我们只有80天的时间,所以一点时间也不能耽误。"福格又说,"行李只带一个旅行包就够了,装上2件羊毛衫、3双袜子。你也只带这些东西。其余的可以在路上买,赶紧把我的雨衣和旅行毯拿来,快去吧。"

万事通回到自己的房间,念叨着:"天啊,80天环游世界!我还想安安静静地过日子呢……"不过,他还是收拾了东西。

8点钟,万事通已经准备好了旅行包,然后他锁好自己房间的门,来到福格先生的房间。

福格也已经准备好了。他从万事通的手中接过旅行包,往里面塞了厚厚的一沓现金,这些钱在各国都能使用。

"你没忘带什么吧?"他问万事通。

我的地理笔记

多佛尔

位于英国多佛尔港与法国格里内角之间;

是英国最大的客运港;

多佛古城堡是当地著名的景点,曾是为了抵御外敌而建造的;

城堡建于12世纪。

这里还有著名的海景白悬崖,站在悬崖上可一览英法海峡的美景呢。

白悬崖也是多佛的象征哟。

我的地理笔记

加莱

法国重要的港口，位于法国北部的加莱海峡大区；

是法国距离英国最近的地方，与英国海上相距30多千米；

地处欧洲的轴心，距离巴黎、伦敦、布鲁塞尔等欧洲大城市都很近；

也是法国最大的客运港，从伦敦过来的旅客多在这里登岸；

这里还是蕾丝的诞生地，以出产花边等丝织品闻名全球的。

这里对服饰和现代时尚影响很大。

"没有，先生。"万事通回道。"好的，拿着这个包。"福格把包又交给万事通，"一定要小心，里边有2万英镑。"

主仆二人出了房子，锁好大门，然后来到塞维尔街上的马车站，坐上马车，朝查林克罗斯火车站驶去。

8点20分，两人到了车站。这时，迎面走过来一个可怜的要饭女人，领着一个孩子。福格见到了，从口袋里掏出他刚刚打牌赢来的钱，递给了她，然后就走了。

万事通觉得自己更加敬佩主人了，感动得差点哭了。福格让万事通去买票。一转身，他看到了改良俱乐部的那五位朋友。

"先生们，我要起程了，"他说道，"我回来时，你们可以根据我护照上的签证来查对旅行路线。"

"您没忘记什么时候回来吧？"安德鲁·斯图尔特提醒说。

"80天以后，"福格回答，"也就是1872年12月21日晚上8点45分。再见，先生们。"

8点45分，汽笛一响，火车就准时开动了。

多佛尔到加莱

第五章

警察局局长收到电报

很快,福格打赌环游地球的消息在改良俱乐部里传开了。接着,再通过新闻记者刊登在了报纸上,又通过报纸传递给伦敦市民,最后整个英国都知道了。

大家纷纷评论着、争辩着、揣摩着这个"环游地球"的问题。有的人赞成福格先生,有的人则公开反对,他们认为依靠现有的交通条件,80天完成环球旅行,不仅不可能,简直可以用"疯狂"两个字来形容。

《泰晤士报》《标准报》《晚星报》《每日晨报》和其他20家权威报纸全都表态反对福格,只有《每日电讯》在一定程度上对他表示支持。

开始的几天,有些胆大的人站在了福格这一边,其中大部分是妇女。有些绅士是这么说的:"为什么不支持他呢,现在有什么事是办不到的?再说比这更奇怪的事我们都见过!"这些人大多是《每日电讯》的忠实读者。但是没过多久,人们就发现这家报纸的论调消沉下去了。

原来,皇家地理协会会刊在10月7日发表了一篇文章。文章详细地分析了这个事儿,一点也不客气地指出这是个疯狂的举动。这篇文章引起了强烈的反响,几乎所有的报纸都加以转载,结果,福格的支持者就越来越少了。

最后可怜得只剩下一个支持者,一位名叫洛德·阿尔贝马勒的瘫痪老人。他是一位令人尊敬的绅士,只可惜腿脚不好只能一直坐轮椅,他十分羡慕福格环游地球的壮举,如果可以的话,就算倾家荡产他都愿意尝试一次!

大家反对福格还有另外一个原因,那就是在他离开7天后,发生了一件完全出人意料的事,让人们最终不再支持他了。

事情是这样的,一天晚上9点钟,首都警察局局长收到了一份电报,内容如下:

苏伊士致电伦敦

苏格兰广场警察总局局长罗万先生：

我盯住了银行窃贼费雷亚斯·福格。请速寄逮捕令至孟买（英属 印度 ）。

警探菲克斯

这份电报的内容很快被泄露了出去，而且起到了立竿见影的效果。在人们心中，从前那位高贵可敬的绅士瞬间变成了偷窃钱财的盗贼。人们仔细察看了他的照片，发现他的外貌特征和警方提供的疑犯的外貌特征一模一样。又想到福格平时神神秘秘，性情孤僻，这次又突然出走，分明是想借环游地球做幌子，利用荒唐的打赌作掩饰，目的就是想摆脱英国警察。

我的地理笔记

印度

位于南亚，是印度次大陆最大的国家；

东临孟加拉湾，西濒阿拉伯海，海岸线长7516千米；

周围的邻居有孟加拉国、尼泊尔、不丹、中国、巴基斯坦等；

这里人口密度很高，是世界人口大国之一；

世界四大文明古国之一，创造了古老的印度河文明，也是佛教的诞生地。

印度男子多包头巾，女子多披纱丽，这是他们的传统服饰。

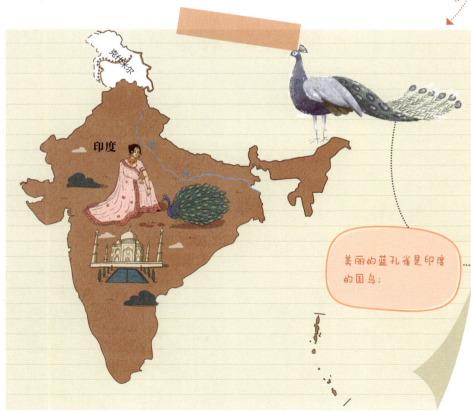

美丽的蓝孔雀是印度的国鸟；

纱丽很美啊！

第六章
焦急的菲克斯侦探

那么这封电报是怎么来的呢？

10月9日星期三这天，人们在码头上等着上午11点到达苏伊士的"蒙古"号邮轮。码头上挤满了人，中间有两个人不断地走来走去。这两个人一个是英联邦驻苏伊士的领事，另一个名叫菲克斯，他又瘦又矮，长相精明。他明明内心很焦急，却一直努力用微笑来掩饰。他显得有些不耐烦，不停地走来走去。

菲克斯是个英国侦探，是在英国国家银行盗窃案发生后被派到这个港口的。他的任务是保持高度警惕，密切监视进出苏伊士的旅客，一旦发现可疑的人，就要跟踪他直到拿到逮捕证。

两天前，菲克斯收到了首都警察局局长发来的窃贼的外貌特征，也就是案发时有人在现场见到的那个仪态文雅、举止高贵的人。

"领事先生，这艘船不会晚点吧？"其实这句话菲克斯已经问过好几遍了。

"不会的，菲克斯先生，"他回答，"它昨天就已经离开 塞得港 了，这条运河长160千米，对于这艘船来说很快就能到。"

"这艘船是从 布林迪西 直接开过来的吗？"菲克斯又问。

"是的，它在那里装上发往

> **我的地理笔记**
>
> 塞得港
>
> 埃及东北部的城市，也是埃及第二大港口；
>
> 位于苏伊士运河和地中海的交汇点上；
>
> 这里是世界煤炭和石油储存港之一，其中油罐储存量可达25万吨。
>
> 地理位置很重要，兼有城市、港口和运河三种特色；
>
> 这里气候宜人，植被茂盛，同样是旅游观光的好地方。

第六章·焦急的菲克斯侦探

印度的货物后，星期六晚上5点钟开出。放心吧，它不会晚点的。可是我不明白，就算您要找的人在船上，单凭收到的这点儿信息，您就能把他认出来？"

"领事先生，"他回答，"与其说是认出这个人，不如说是凭感觉把他找出来。只要我预感这个贼在船上，他就绝逃不出我的手掌。"

"菲克斯先生，"领事说，"听您说得挺有道理，就祝您成功吧。不过我还想提醒您一句，从您收到的资料上看，这个贼看起来是个正人君子的模样，这一点您想过没有？"

"领事先生，"菲克斯自信地说，"一般情况下，大盗都很像正人君子，而那些看上去就鬼头鬼脑的家伙却只能安分守己地过日子，不然他们一做坏事就会被逮住的。我们的任务就是撕下那些伪装者的面具。"不难看出，这个菲克斯多少有些自命不凡。

这时，码头渐渐热闹起来了。来自世界各地的商人、水手、搬运工、农民都往这边涌。显然船马上就要到岸了。虽然有一点冷，但是天气特别晴朗。向南方望去，有一条2000米长的河堤，仿佛一只巨大的臂膀伸展在苏伊士运河的港湾里。在红海的海面上，漂浮着许多渔船和小客船。

"它在苏伊士会停留多长时间？"菲克斯继续问。

"停4个小时，主要是加煤。从苏伊士到亚丁，要走1310海里，所以得加足燃料才行。"

我的地理笔记

布林迪西

意大利东南部的城市，临近亚得里亚海的一个海峡；

该城修筑在一个半岛上，面积有270平方千米；

这里有东、西两个港口，能停泊远洋巨轮呢；

此外，这里还有海军和空军基地；

老城里有许多中世纪时期的教堂和古罗马遗迹哟。

"从 苏伊士 开出去后，这艘船直接到孟买吗？"

"是的，中途不再装货也不再载客了。"

"很好，"菲克斯说，"如果这个贼走这条线并且坐这艘船的话，他肯定会在苏伊士下船，然后再去亚洲的荷兰殖民地或者法国殖民地，他应该很清楚印度是英国的地盘，在这里他不够安全。"

"除非这个贼门路很多，"领事回答，"要知道一个英国的嫌犯躲在伦敦，可比跑到国外容易得多。"领事说完这句话后就回到不远处的领事馆去了。

听了这些话，菲克斯又仔细想了想，有一种奇怪的预感，他觉得盗贼就在"蒙古"号邮轮上。他的想法是，如果这个贼想离开英国逃到美洲的话，走印度这条线比大西洋那条线更容易逃脱。

菲克斯还没想多久，几声巨大的汽笛声传来了，显然是船到了。成群的搬运工和农民全都急匆匆地冲向码头。十几条小船也解开缆绳离开了河岸，朝着"蒙古"号驶去。

不一会儿，人们就看到"蒙古"号那巨大的船身出现在运河当中，汽船在码头下锚停靠，邮轮的烟囱轰鸣着喷出大片的烟雾，这时刚好敲响了11点的钟声。

菲克斯目不转睛地仔细盯着每一个上岸的游客。这时，有

我的地理笔记

苏伊士

埃及的港口城市，位于苏伊士运河的南端；

历史上，它曾是奥斯曼帝国的军港和商港；

全年很热，属于热带沙漠气候；

当然，这里最著名的就是苏伊士运河了；

它是连接红海与地中海的交通要道，世界上使用最频繁的航线之一；

也正因为这条运河的开通（1869年），苏伊士成为重要的港市；

这里有公路和铁路通往埃及的首都开罗。

第六章 焦急的菲克斯侦探

一个旅客用力地推开那些纠缠着要帮忙拿行李的搬运工,走到了菲克斯面前。这个人一边客气地问他,到英国领事馆怎么走,还一边拿出一本护照给他看,他可能想在这里加盖一个英国领事馆签证的章。

菲克斯随手接过这本护照,快速地扫了一眼,结果一下子看到了关于外貌特征的说明。他不由得呆住了,护照在他的手里不听话地直抖。上面描述的特征竟然和他收到的首都警察局局长寄来的疑犯特征一模一样。

"这本护照不是您的吧?"他装作随意地问这个人。

"不是,这是我主人的护照。"这个人回答,"他留在船上没下来。"

"不过,"菲克斯又说,"办理签证手续,一定要他本人亲自到领事那里去才行。"

"领事馆在哪儿?"

"那儿,广场边上。"菲克斯指着200步开外的一所房子说。

"好吧,我把主人叫下来,他这个人最怕麻烦了。"说完这句话,这个人谢过菲克斯后就回到船上去了。

第七章

通过护照寻找坏人

菲克斯离开了码头,向领事馆跑去。

"领事先生,"他开门见山地说,"我十分肯定我们要找的人就在'蒙古号'上。"接着他讲了一遍刚才遇到那个仆人和护照的事。

"好吧,菲克斯先生,"领事说,"我倒是很乐意见见这个人,不过假如他是贼的话,恐怕不会来我的办公室吧。"

"领事先生,"侦探说,"如果他真那么厉害,就一定会来的!护照这东西,从不会给正派人带来麻烦,只会有利于坏人逃跑。我还肯定这个护照没问题……"

两人的话还没说完,突然有人敲办公室的门,菲克斯赶紧躲了起来。这时走进来两个陌生人,其中一个正是那个向菲克斯问路的仆人。

果然是福格和万事通他们俩。福格提交了他的护照,请求领事在上面盖上签证。

领事拿过护照认真地察看起来,看完护照后问了一些个人基本信息,然后告诉他:"先生,您知道吗?这个签证的手续没什么具体用处,所以我们现在已经不再要求出示护照了。"

"我知道,先生,"福格回答,"但是我希望您的签证可以证明我曾经经过苏伊士。"领事听了,就在护照上签了字,注明了日期,并盖了章。主仆二人告辞后就出去了。

"怎么样?"菲克斯出来问。

"没什么感觉,"领事说,"他看上去就是个正经人!"

"可能吧,"菲克斯说,

"但是您不觉得他的每一个特征都和我收到的疑犯特征很像吗?那个仆人感觉不像主人口风那样紧。回头见,领事先生。"说完这句话,菲克斯就出去找万事通了。

主仆俩回到码头,就坐上小船回"蒙古"号上去了。福格拿出记事本,写了下面几句话:

10月2日星期三,晚上8点45分,离开伦敦。

10月3日星期四,早上7点20分,到达巴黎。

星期四,上午8点40分,离开巴黎。

10月4日星期五,早上6点35分,经 **塞尼山** 到达 **都灵** 。

星期五,早上7点20分,离开都灵。

10月5日星期六,下午4点,到达布林迪西。

星期六,下午5点,登上"蒙古"号。

10月9日星期三,上午11点,到达苏伊士。

总时数:158小时30分,即6天半。

这个记事本上列出了从10月2日一直到12月21日的所有计划,包括每个主要地方应该到达和实际到达的时间。这样他就能算出在每个途经地他提前或延误了多少时间。目前和预计时间一致,既没有提前也没有迟到。

我的地理笔记

塞尼山

位于法国和意大利之间,属于阿尔卑斯山脉的山地;

如今的塞尼山隧道连接了法国和意大利之间的山谷。

都灵

意大利第三大城市,仅次于罗马和米兰;

皮埃蒙特大区首府;

历史悠久的古城,至今保存着大量的古典式建筑和巴洛克式建筑;

这里的山口自古就是战略要地,拿破仑曾在这里修建了一条公路;

有"巧克力之都"的美称,巧克力和可可酱十分有名;

欧洲最大的汽车产地,菲亚特汽车的故乡就在这里。

第八章
从谈话中寻找细节

菲克斯不久之后就在码头又碰到了万事通,他正在四处闲逛着,因为他觉得既然出来了不逛逛就亏了。

"你好啊,朋友,"菲克斯走到他跟前,"你们的护照签好了吗?"

"啊!是您呀,先生,"万事通回答,"非常感谢您指路,我们的手续办妥了。""您是在这里欣赏风景吗?"菲克斯又问。

"是的,可就是我们走得很快,我有时都怀疑这一切是不是真的。还没明白发生了什么事,我们就到非洲了!"万事通不停地说下去,"真不敢相信。您知道吗,先生,我还以为最远也过不了巴黎呢。那可是法国的首都啊,我也只是从火车北站到 里昂 火车站的时候,透过马车玻璃匆匆看了一眼,实在是太遗憾了!"

"你有什么急事吗?"菲克斯问。

"我才不急呢,有急事的是我的主人。对了,我得去买些袜子和衬衫!我们走时没带行李,只带了一个旅行包。"

"我可以带你去市场买,那里什么都有。"菲克斯说道。

"您这个人可真热心啊……"

两个人一起走着,万事通像打开了话匣子说个没完。"对了,我一定得小心,千万不能误了这班船!"

"你有的是时间,现在才刚刚中午12点。"菲克斯回答。

万事通拿出他那块大表,

我的地理笔记

里昂

法国东南部城市,也是该国第二大都市区;

位于罗讷河和索恩河的交汇处,法国最古老的城市之一;

这里工业发达,机械、电子等产业实力雄厚,并以丝绸贸易闻名全球;

还是科教、文化与艺术中心;

这里被称为"文化之城""发明之乡""壁画之都"。

看了看,说:"中午12点,怎么可能!现在是9点52分!"

"我看看。哦,你表上还是伦敦时间,比苏伊士时间要晚了将近两个小时。应该记着把表调到当地时间。"

"别!别调我的表!"万事通叫道,"千万别!"之后,他小心翼翼地把表重新放回到他背心的小口袋里。

过了一会儿,菲克斯对他说:"您离开伦敦时是不是走得很仓促?"

"那是肯定的,上周三晚上8点钟,我主人突然从俱乐部提前回到家,短短三刻钟之后我们就动身了。"

"那么,您的主人到底要去哪里呀?"

"一直往东走!——他要环游地球!"

"环——游——地——球?"菲克斯叫了起来。

"是的,而且只用80天时间!这是一场豪赌。不过我跟您这么说吧,我才不相信呢。这件事根本不合常理,里面肯定有问题。"

"啊!这位福格先生平时就很奇怪吗?"

"恐怕是这样的。"

"他很有钱吗?"

"当然了,他随身带了一大笔钱,都是崭新的钞票!他在路上花钱一点儿也

我的地理笔记

亚洲

世界第一大洲，绝大部分地区位于北半球和东半球；

是七大洲中面积最大、人口最多的一个洲；

与非洲的分界线是苏伊士运河，与欧洲的分界线则是乌拉尔山脉、乌拉尔河、里海、大高加索山脉、土耳其海峡、地中海和黑海；

有许多著名的高峰，世界最高峰珠穆朗玛峰就在这里。

这里是世界最高的地方。

不心疼！他甚至还答应'蒙古号'上的大副，如果船能提前到站的话，就给他一大笔奖金呢！"

"你是老早之前就认识这位主人了吗？"菲克斯问道。"那可不是，"万事通回答说，"我是在动身当天才到他家工作的。"

这番对话让激动万分的菲克斯更加心潮澎湃。他几乎知道了福格所有的事：在银行丢钱不久之后他就从伦敦匆匆出发了，身上携带着巨额钱款，急着跑到远方去，而且用不合常理的打赌做借口。这一切都证实了菲克斯的猜测，也使他更加坚信自己是正确的。他想方设法地套万事通的话，直到这个小伙子确实不知道主人的其他什么事了。通过这次谈话，菲克斯确定了福格不会在苏伊士上岸，他真的要到孟买去。

"孟买离这儿远吗？"万事通问。"可远了，到那里去的话还得坐上十几天的船呢。"菲克斯回答。

"孟买到底在哪儿呀？"

"在印度。"

"是在 亚洲 吗？"

"当然。"

菲克斯不想再聊下去了，于是把万事通送到了市场，留他在那里买东西，并提醒他不要误了船，他自己又急急忙忙地返回了领事馆。

现在，菲克斯不仅信心十足，而且显得沉着冷静。

"先生，"他对领事说，"我没有什么可怀疑的了。我可以肯定地说，这家伙逃不了了。他想伪装成一个要在80天环游地球的人来骗人，没门儿。"

"这么说他可真够狡猾的，"领事回答，"他在甩掉两个洲的警察后，居然还打算再回到伦敦！"

"可不是吗，我倒想看看他究竟有多大本事。"菲克斯说。

"还有一个奇怪的地方,这个贼为什么非要坚持用签证来证明他经过了苏伊士呢?"

"至于这个,那我就不知道了,不过您听我说。"接着,菲克斯给他讲了他和万事通之间的谈话内容。

"这样看来,所有推断都对这个人不利。接下来您打算怎么做呢?"领事问。

"我马上给伦敦发电报,要求局长把逮捕令直接寄到孟买。同时我也会搭上'蒙古号',一直盯着这个贼,以免他跑掉了。到了孟买,那里是英国的属地,我就客气地走到他面前,一手拿出逮捕令,再一手抓住他,哼哼。"说完这些话后,菲克斯向领事告辞,去了趟邮局,给首都警察局局长发了前面提到的那份电报。

一刻钟之后,菲克斯提着自己简单的行李,带了一笔钱,也登上了"蒙古"号。没过多久,这艘邮轮吐着巨大的烟雾,渐渐驶进红海。

亚洲

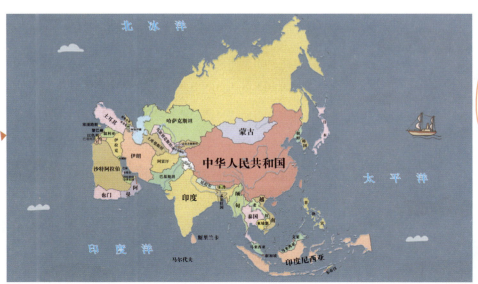

世界陆地上最低的洼地和湖泊——死海,也在亚洲。

在死海很容易就漂起来哟。

第九章
渡过红海和印度洋

苏伊士距离 亚丁 有1310海里，半岛轮船公司规定：邮轮的航行时间不能超过138小时。如果"蒙古"号火力全速前进，可能会提前到达目的地。

从布林迪西上船的游客，多数都是到终点站——印度，只不过，有的乘客去孟买，有的去加尔各答。自从开通了横穿印度半岛的铁路，人们就不用走两次锡兰了。那么，在船上的这段时间，福格在做什么呢？对于船上的其他人，可能会出现很多担心，比如，担心风向不利、担心巨浪造成机器故障……可是，福格什么都没想，也许他也想到了这些可能发生的状况，但并没有表露出来，依旧按时吃饭睡觉。

在船上，福格遇到了几位和自己一样喜欢打牌的牌友，通过聊天他发现，几个牌友的目的地都不同：一个是去果阿赴任的税收官，一个是回孟买的可敬的传教士德西缪斯·史密斯，一个是到贝那

我的地理笔记

亚丁

也门临时首都，位于阿拉伯半岛的西南端；

西边与非洲之角隔海相望，南边临靠亚丁湾直通印度洋；

是世界著名港口，亚、欧、非三洲的海上交通要冲；

这里气候炎热干燥，属热带沙漠性气候，平均最高气温达41.8℃。

| 第九章·渡过红海和印度洋 |

勒斯跟部队会合的英军旅长……但就是这样目的地不同的四个人，借着对牌的热爱，依然聚在了一起。

当他们将牌抓到手里的时候，很快就进入了状态，没用多长时间，就沉浸在了打牌的乐趣中，一句多余的话都不说。

万事通没有晕船，吃得好，睡得香，认真欣赏着途经国家的风景，他还坚信这次古怪的旅行到孟买就会结束。

离开苏伊士的第二天，万事通在甲板上遇到了在埃及码头见了几次面的那个人。

万事通感到异常意外，又感到异常欣喜，说："我没认错人吧，您就是在苏伊士热心帮过我的人吧？"

"是呀，我叫菲克斯。"对方回答。

"菲克斯先生，"万事通说，"很荣幸在船上再次见到您。您要去哪儿呀？"

"和你们一样，到孟买。福格先生好吗？"菲克斯尽量用最自然的语气问。

"很好，菲克斯先生。我也很好。"

"你的主人呢？我没在甲板上见过他。"菲克斯接着问。

"他从不到甲板上来。"万事通耸耸肩，说。

菲克斯问："有个问题一直想问你，80天环球旅行有没有什么秘密任务……比如，一个外交使命！"

"菲克斯先生，我什么都不知道。我跟您保证！"

自从这次碰面之后，万事通和菲克斯时不时地都会碰面，经常会在一起聊天。

其实，两人的目的根本就不同：万事通觉得多了一个好朋友；而菲克斯之所以要跟万事通套近乎，主要还是为了便于后面的抓捕计划。

邮轮向前快速行驶。13日，船靠近 穆哈 ，出现在了破败的城墙旁。

城墙上长着几棵绿油油的椰枣树，远处的山上，则是绵延大片的咖啡园。当天晚上"蒙古"号就渡过了 曼德海峡 ，为了加些储备物资和燃料，第二天船只停靠在了亚丁港西北的汽船休息区，需要把煤仓加满。

福格似乎早就知道了这件事，虽然时间上有些耽误，但并不会对他产生影响。而且，按照计划，"蒙古"号应该在10月15日早上到达亚丁，如今是14日晚上，也就等于提前了15个小时。

为了办理签证，福格不得不和万事通一起下船到陆地上。菲克斯见此情景，悄悄地跟在他们身后。手续的办理过程很简单，一办好，福格就马上回到船上，继续跟朋友们玩牌。

万事通一个人到处闲逛，他走在这个拥有2.5万居民的亚丁城里，走在这些索马里人、巴尼昂人、帕西人、犹太人、阿拉伯人和欧洲人中间。他不仅欣赏了城里的旧防御工事，是它们让这个城市成为直布罗陀海峡的海防要塞；他还欣赏了奇妙的蓄水池，在修建后2000年的今天，它依然被英国工程师维护着。

万事通回到船上，站在甲板上，回想着看到的一幕幕，自言自语说："太好玩了，太有趣了！要想看新鲜事，旅行真是个好办法。如果想看更多好玩的事，看

我的地理笔记

穆哈

旧译"莫查"，也门西南部的一个港口；

建在一个小海湾的渡头，最早建于14世纪；

曾为也门优质咖啡的主要出口港，一度非常繁荣。

当年，莫查咖啡相当出名。

我的地理笔记

曼德海峡

位于亚洲阿拉伯半岛和非洲大陆之间的海峡，连接着红海和亚丁湾；

是太平洋、印度洋和大西洋的海上交通要道；

传说它是在一次地震中形成的海峡，阿拉伯语的意思为"泪之门"；

这里终年炎热高温，是世界上最暖的热带海峡之一；

同时，高温增强了海水蒸发，导致这里也成为盐度最大的海峡。

来以后还得多出门旅游啊！"一想到自己在船上还遇到了菲克斯先生，更是感到异常兴奋。

晚上6点钟，"蒙古"号再次转动螺旋桨叶片，打击着亚丁港的海水，很快就驶进了印度洋。

10月20日，星期天，将近中午12点，船上的乘客终于看到了印度陆地。2小时后，领航员走上"蒙古"号。人们欣赏了远处的丘陵，以及与之浑然一体的碧蓝天空，之后遍布城市的棕榈树逐渐跳入眼帘，人们为眼前的景色感到阵阵惊叹。

下午4点30分轮船驶进了由萨尔赛特岛、科拉巴岛、大象岛和屠夫岛组成的停泊站——孟买码头。人们在此休息片刻，这时候福格已经打完了当天的第33局牌，最终以漂亮的大满贯赢得了胜利。

福格拿出自己的记录本，算算时间，按照计划，"蒙古"号应该在22日到达孟买，他们居然提前了两天，也就是说，从伦敦出发开始，他已经为自己赢得了两天时间。之后，他认真地在旅程表的盈余栏里作了记录。

曼德海峡

第十章

万事通赤脚出逃

从孟买到加尔各答有一条铁路主干线,这条铁路的路线是火车离开孟买之后,穿过萨尔赛特岛,到达位于塔那前的大陆腹地;再往后经过西高止山脉,继续向东北方向行进,直达布尔汉普尔;接着,穿过本德尔汗德上邦的领地,到达 安拉阿巴德 ;然后,继续向东前进,在 贝拿勒斯 与恒河相遇,向东南下行;最后,经过布德万和法属殖民地昌德纳戈尔,直奔终点站——加尔各答。

下午4点半,"蒙古"号上的旅客在孟买下了船。万事通问清楚了,去加尔各答的火车是晚上8点整发车。

福格和牌友告别后,上了岸,吩咐万事通去买一些东西,并叮嘱他务必在8点以前回到车站。然后,他就慢慢地走向领事馆办理护照签证去了。

虽然孟买风景秀丽、热闹新奇,但不论是宏伟的市政厅、漂亮的图书馆、造型奇异的城堡、各式各样的船坞、开阔的棉花市场、人头攒动的百货商场,还是回教的清真寺、犹太教的教堂、亚美尼亚人的礼拜堂,以及玛勒巴山上的美丽寺院,福格都提不起一丝兴趣。他决定先填饱自己的肚子再说。

福格走出领事馆,打算走回车站,到那里找家饭店吃晚饭。车站的饭店很多,最后他选中了一家食客很多的饭店。店员都在忙着招呼客人,饭店老板也没闲着。看到福格走进来,立刻将他安排在一个位置好的座位上,还给他推荐了当地特产——炒兔子肉。

福格接受了推荐,这道菜很快就被店员端上了桌,他仔细品尝了一番。但味道似乎不太理想——虽然兔肉里加了五香佐料,福格依然觉得菜里有一股令人作呕的怪味。

我的地理笔记

安拉阿巴德

印度北部城市,位于恒河与亚穆纳河的交汇处;

印度教圣地之一,有寺院、阿育王石柱等名胜古迹;

每年一度的沐佛节,有几十万人到此来参拜,沐浴圣水;

这里也是水陆交通要冲,农产品的集散地。

| 第十章·万事通赤脚出逃 |

我的地理笔记

贝拿勒斯

印度北方城市，位于恒河中游河段的左岸；

它是印度教圣地，也是著名历史古城，享有"印度之光"的称号；

中国唐代高僧玄奘当年西行取经就曾在这里朝圣；

在这里的市区，除了人来人往，还有不少动物来回穿梭呢；

印度的母亲河——恒河，就流经这里，每年有无数印度教信徒到恒河沐浴。

在福格下船后不久，菲克斯也跟着下了船。一下船，他就跑去找孟买警察局局长。

菲克斯向局长说明了自己的身份、任务以及目前盯着的嫌疑犯情况，然后问局长："您是否接到了伦敦寄来的逮捕令？"局长说："我什么也没收到。"实际上，逮捕令是在福格动身后才发出的，自然也就不会这么快到达孟买。

菲克斯感到非常尴尬，想让孟买警察局给他签一张逮捕福格的逮捕令，局长没有答应。理由是，只有英国首都警察厅才有权签发逮捕令，他们可没有这个权力。

菲克斯知道，这是原则性问题，也就没有向局长坚持提这个要求，只能耐心等待。他觉得，在福格停留在孟买的这段时间，自己一刻也不能放松，只要福格继续留在孟买，他就有可能等到伦敦寄来的

35

逮捕令。

　　万事通在附近买了几件衬衣和几双袜子后，看了看距离出发时间还很早，就在孟买大街上溜达起来。

　　街上人来人往，不同国籍的人都会聚在这里。波斯人戴着尖帽子，招摇过市；本雅斯人用布带缠着头，别具一格；信德人戴着方帽子，令人忍俊不禁；亚美尼亚人穿着长袍子，为街道增添了别样的风景；帕西人（或叫盖伯人）的黑色高帽子，更让整条街增加了幽默元素。

这天恰好是帕西人的节日，他们信奉拜火教，拥有精巧的技艺、聪明的头脑、严肃的作风。如今，孟买当地的富商都是这一族人。街上，人们都在庆祝祭神节。有的在游行，有的在表演节目……漂亮的姑娘们，披着美丽的玫瑰色纱丽，和着乐曲，跳起了美妙的舞蹈，婀娜多姿，大展风采。

为了将这种宗教仪式尽情地看个够，万事通睁大眼睛，竖起耳朵。他流露出的表情，看起来就像一个没见过世面的傻瓜一样。而且，他这种好奇心最后竟然失了分寸，差点耽误了主人的旅行计划。

万事通像普通游客一样走进了寺院，欣赏着金碧辉煌、光彩夺目的装饰，突然他被人推倒在神殿里的石板地上。之后，三个僧侣怒气冲冲地向他扑过来，不仅扒了他的鞋袜，还给了他一顿拳头、一阵臭骂。

万事通从没受过这样的窝囊气，豁地翻过身子，左一拳，右一脚，很快就打翻了两个人。僧侣被长道袍绊住不能动弹，他抓住机会，拔腿就跑，三脚两步冲出了庙门。第三个僧侣带着一大帮人来追赶，可是根本就跑不过万事通，最后只能被甩得老远。

万事通一路狂奔，还有 5 分钟就到 8 点了，火车眼看就要开走了，万事通才光着头、赤着脚、双手空空地逃到车站。原来刚才买的东西在他打架时全弄丢了。

菲克斯站在月台上，暗中跟着福格来到车站。自从知道了福格要离开孟买，他就决定跟着走，即使再远，也要盯着。

万事通到车站后，立刻对主人简述了自己的遭遇。福格简单地说了这么一句："我希望你别再碰到这种事了。"之后，就走进了车厢。倒霉的万事通只能光着脚，狼狈不堪地跟着主人上了车，一句话也没说。

菲克斯正要上另一节车厢，忽然灵机一动，立刻改变了主意："不，我得留下！既然他在印度境内犯了罪……我就能抓人。"汽笛声响起后，火车很快就消失在了深沉的夜色里。

第十一章

福格用高价买大象

火车在规定的时间开出了站,车上的旅客有军官、文职人员,还有贩卖鸦片和蓝靛的商人。

万事通跟福格坐在一个车厢里,他们对面角落里坐着的客人,是旅长法兰西斯·柯罗马蒂先生。从苏伊士到孟买,他一直在跟福格订牌,如今要回驻扎在贝拿勒斯附近的部队。

他有50多岁,个子很高,头发金黄。在印度士兵大起义的事变中,他以凶狠闻名,是个地地道道的"印度通"。从年轻时起,他就住在印度,很少回故乡。他学识渊博,只要福格向他请教,他就会将有关印度的历史、风俗人情和政府组织等情况告诉他。可是,福格什么消息都不想打听,因为他不是来旅行的,只是为了在地球上走一趟。

福格为人庄重严肃,他的目标就像机械运动的规律那样死板地围着地球绕个圈,如今他心里正在盘算从伦敦动身后花掉的时间。如果他是个沉不住气的人,那么现在多半会搓着双手表示满意。

虽然法兰西斯·柯罗马蒂只在玩牌或计算牌分的时候才观察一下福格,但他依然发现福格的脾气很古怪。他心中生出很多疑问,比如,像福格这样外表冰冷的人,里面是否也有一颗热切跳动的心?他对自然之美是否也会无动于衷?他是否也会像常人

一样有自己的希望和抱负？过去他也遇到过不少性情古怪的人，但都没法跟福格相比。

柯罗马蒂和福格偶尔聊几句，福格并没有隐瞒自己的环球计划。

离开孟买一小时后，火车从 萨尔赛特岛 穿过了那些高架桥，然后奔驰在印度大陆上。

"福格先生，"柯罗马蒂说，"如果是在前几年，您在这个地方准会误事，您的计划多半也会告吹。"

福格问："为什么呢？"

柯罗马蒂回答："因为火车一到山底下，就得停下来。到时，你就只能坐轿子或骑小马到对面山坡上的坎达拉哈，之后再换车。"

福格讪讪地说："可是，即使那样会耽误，也不可能打乱我的旅行计划，这些突发状况，我也早有预料。"

"可是，福格先生，您的仆人闯下的祸，就差一点坏了您的事。"

这时候的万事通把一双光脚裹在旅行毯里，睡得正香，做梦也不会想到有人在议论他。

"英国政府对待这类违法事件十分严厉，"旅长接着说，"英国政府认为，尊重印度人的宗教习俗高于一切。假若您的仆人已经被逮捕……"

"如果他被逮捕，"福格说，"被判刑，也是他自作自受。但最后，依然会平安无事地回到欧洲。"

谈话到这里，便停住了。

我的地理笔记

萨尔赛特岛

阿拉伯海的岛屿，位于印度哈拉施特拉邦西海岸；起初由几个小岛组成，后来被连成一个岛屿；岛上部分地区丘陵起伏，一些小山则被削平填海了；著名的孟买市就在这座岛南端的半岛上；这里的大部分地区也属于孟买管辖。

第十二章

通力营救印度美女

夜间，火车穿越 高止山脉 ，过了 纳西克 ，第二天火车就到了一片比较平坦的土地。这些田野已经被精耕过，中间还零星点缀着一些小镇。火车在一片宽阔的林地里停了下来，因为前方的铁路还没修完，列车只能开到这儿了。

福格和同伴不得不下了火车，步行到 50 英里①外的安拉阿巴德。为了行走方便，福格花大价钱买了一头大象做脚力，还请了位帕西人做向导。他们一行人穿过一片森林，在离安拉阿巴德不远的地方，遇到了一支游行队伍，那是婆罗门僧侣的游行队伍。

僧侣头戴尖高帽、身穿花袈裟，走在队伍的前面；许多男人、妇女和孩子簇拥在前面。人群后面，几位穿着豪华东方式僧袍的婆罗门僧侣，正拉着一个身着东方服饰的女人跟跟跄跄地往前走。

这女人看起来很年轻，有着欧洲人白皙的皮肤，全身上下都戴着精美的首饰，包括项链、手镯、耳环和戒指。她体态优美，穿着绣金的紧身胸衣，外面罩着透明的纱丽。

看到这群人，柯罗马蒂露出了不自在的神色，转身问向导："那是寡妇殉葬吗？"

向导点点头，把一个指头搁在嘴上，叫他别作声。游行队伍慢慢地向前蠕动着，没过多久，就消失在了丛林深处。

> **我的地理笔记**
>
> 高止山脉
>
> 印度南部的山脉，位于德干高原的东、西边缘，分为东、西高止山，分别与孟加拉湾和阿拉伯海岸平行伸延；
>
> 名字源于印地语"加特"，意思是"登岸阶梯"或"山口"；
>
> 西高止山脉，比喜马拉雅山脉还要古老呢；
>
> 这里是许多濒危动植物的家园，西高止山脉被列为世界自然遗产。
>
> 大象等野生动物在这里自由穿梭。

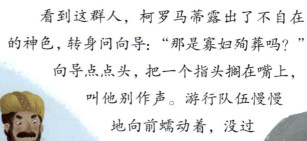

注：① 1 英里 =1.609344 千米

第十二章 通力营救印度美女

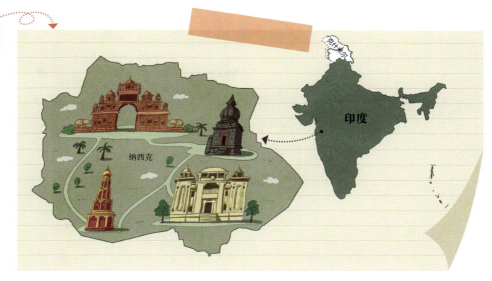

我的地理笔记

纳西克

印度西部的城市,位于戈达瓦里河畔。

这里有个航空工业园区,是印度重要的飞机研究与制造基地;

也是战机的维修、组装基地,为印度空军提供了强大后援。

向导告诉他们:这个女人名叫艾娥达,是个孤女,也是有名的印度美女,出身于孟买的一个富商家庭,接受过纯正的英国式教育。她被迫跟老土王结婚,婚后3个月就成了寡妇。她知道自己要被烧死,决定逃跑,但被捉了回来,土王的亲属决定让她殉葬。

听了向导的这番话,福格和同伴决定仗义救人。

一个半小时后,他们到达了殉葬的庙宇附近,在一片灌木林中停下来。这里距离庙宇只有500步远,不仅可以看到庙宇,还能听清庙里信徒狂热的喊叫声。福格和同伴静静地待在那里,等待黑夜来临。

傍晚6点钟左右,在向导的带领下,福格、柯罗马蒂和万事通悄悄地接近庙宇。庙宇的四周都围着火把,将黑夜照得如同白昼。他们看到有一堆木柴,那就是用香油浸过的檀香木筑成的火葬坛。坛顶上叠放着土王的熏香尸体,艾娥达就是要给他陪葬。

庙宇距离火葬坛只有100步的距离。向导领着大伙儿小心翼翼地从荒草丛里溜过。夜晚12点半,他们到了庙墙脚下。虽然他们做得很小心,但还是惊动了土王家的人。看到有人来劫人,土王族人纷纷拿起武器,双方展开激烈的搏斗。幸亏福格他们制订了严密的救人计划,最终以少胜多,救出了年轻美丽的艾娥达。

第十三章

顺利穿越恒河山谷

第二天上午将近 10 点钟的时候，福格等人带着艾娥达，到了安拉阿巴德。为了赶上这一天（10 月 25 日）中午开往中国香港的那条邮船，福格必须按时到达加尔各答。

艾娥达被送到车站上的一间屋子里，万事通则去为她购买各种饰品、衣服、纱丽等。

这时候，艾娥达已经逐渐清醒，那些神庙的祭司给她造成的恐怖阴影已逐渐消失，她那双美丽的眼睛又恢复了迷人的丰采。

火车即将从安拉阿巴德开出，福格如数给向导发了工资。万事通感到有点奇怪，按照他的认知，福格定然会对向导的帮助表示感谢。因为，在神庙事件中，向导是自愿去的，以后如果印度人知道了这件事，他难免会遇到麻烦。果然，福格早有打算，他将营救艾娥达之前买的大象送给了向导，这可是一份不菲的感谢！

片刻之后，一行人就赶到火车站，只用了两小时，火车就行驶了 80 英里。这时候，艾娥达已经完全清醒了。当她突然意识到自己跟一群陌生人坐在火车上时，感到一阵莫名其妙！

大家给了艾娥达无微不至的照顾。为了提精神，他们让艾娥达喝了一些酒。然后，柯罗马蒂跟她讲述了之前发生的一切。他不仅告诉艾娥达福格仗义救人的热诚，而且还诉说大家营救她的全部过程。

福格在旁边一言不发，万事通则感到很不好意思，一再重复说："我……不值得一提。"

艾娥达得知是这些人救了自己，激动得手足无措，并向这些救命恩人表示了衷心的感谢。当然，这种感谢并不是用语言，而是用眼泪，她那美丽的眼睛比她那会讲话的双唇更能表达内心的感激。可是，想到火葬场上的情景，想到在这块土地上还有很多灾难在等着她，她便害怕得颤抖起来。

福格很了解艾娥达的心情。为了使她安心,他决定送她到中国香港,等到事情平息后再回印度。当然,在说这些话的时候,福格的态度依然是冰冷的。

　　艾娥达感激地接受了这个建议,因为她有一个亲戚住在中国香港,是个大商人,香港虽然在中国,却是一座地道的英国化城市。

　　中午12点半,火车到达贝拿勒斯。柯罗马蒂要在这里下车,因为他的部队就驻扎在城北几英里以外的一个地方。他跟福格告别,并祝他旅行愉快、顺利。

　　福格轻轻地拍了拍柯罗马蒂的手。艾娥达热情地对柯罗马蒂说:"真是太谢谢您了!我永远都不会忘记您的大恩。"万事通跟旅长热情地握手,大家就此分别。

　　从贝拿勒斯出发,火车穿过一段恒河山谷,车厢内是兴奋的人们,窗外则是千变万化的美丽景色:高山青翠,绵延万里;田野里生长着大麦、小麦和玉米,果实累累;河川和池沼栖息着许多鳄鱼,宛如一块绿色的草地;村庄排列得整整齐齐,往来都是嬉笑的孩童;大象和单峰骆驼在圣河里洗澡……多美的一幅旅途美景图。

　　虽然只是初秋,天气已经非常寒冷,但成群的男女依然在恒河里虔诚地接受圣洗,狂热地崇信婆罗门教。可是,当汽船驶过,搅浑了恒河圣水的时候,这个英国化了的印度如何跟过去相比呢?

　　外面的景物像闪电般一掠而过,一阵浓浓的白烟将这些景物遮盖得模糊不清。

| 第十三章·顺利穿越恒河山谷 |

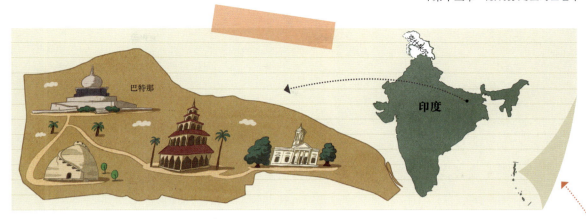

旅客只能隐约地看见：距贝拿勒斯城东南20英里的比哈尔历代土王城寨舒纳尔堡、加兹铺，以及制造玫瑰香水的大工厂，还有印度主要的鸦片市场 **巴特那** 和比较欧化的以冶铁、制造铁器和刀剑而闻名的城市蒙吉尔。

乌黑的浓烟从高大的烟囱喷吐而出，弥漫在空中，将天空搞得乌烟瘴气。在这个天堂似的国度里，这些黑烟简直令人作呕，真是大煞风景！

黑夜渐渐降临，火车继续向前飞驰。周围成群的虎、熊、狼等野兽，听到火车声，立即四散奔逃，火车驶过之后，动物们又一次聚拢在一起。人们无法看到孟加拉国的美景、各尔贡和吉尔的旧址以及印度前首都穆尔希加巴，也无法看到布尔敦、乌各里和法国在印度的殖民点——昌德纳戈尔！

万事通努力寻找着自己祖国的旗帜，但天空中没有迎风飘扬的旗帜，自然也就不能得意一把了！

早晨7点火车终于到达加尔各答，去中国香港的邮船要到中午12点才起锚，福格还有5个小时的空闲时间。按照他的路程表，他们应该在离开伦敦以后的第23天（10月25日）到达印度首都加尔各答。现在，不早不晚，如期赶到。可惜，从伦敦到孟买节省下来的两天时间已经占用了，但福格并不感到遗憾。

我的地理笔记

巴特那

印度的宗教圣地，位于比哈尔邦东部的恒河南岸；

有著名的宗教圣地——加雅、哈尔曼地尔寺、天花女神庙等；

历史悠久，拥有2500年的历史，曾是孔雀王朝的首都呢；

如今，这里是比哈尔邦的首府，也是印度东部重要的商业中心。

第十四章
莫名其妙惨遭扣押

火车很快就进站了。万事通抢先下了车,接着福格挽着年轻的艾娥达走下月台。

为了给艾娥达找一个舒适的舱位,福格打算马上到开往中国 香港 的邮船去。只要艾娥达还没有离开这个对她有危险的国家,福格就不会离开她一步。

福格刚要走出车站,一个警察就走过来对他说:"请问您是福格先生吗?"

福格回答:"是!"

"这位是您的仆人?"警察指着万事通问。

福格点点头,再次回答:"是的。"

警察接着说:"那么,请两位跟我走一趟。"

对于发生这样的事,福格丝毫没有惊讶,因为警察代表的是法律,法律对于任何英国人来说,都是神圣的。万事通则是典型的法国人脾气,他想跟警察理论,但警察

> **我的地理笔记**
>
> 香港
>
> 中国的一个特别行政区;
>
> 位于中国华南沿海,珠江口以东;
>
> 区域包括香港岛、九龙、新界等内陆地区和周围262个岛屿;
>
> 陆地面积达1104.32平方千米;
>
> 这里曾以出产香料而闻名,所以称香港;
>
> 现在是全球第三大金融中心,与纽约、伦敦并称"纽伦港";
>
> 这里有著名的维多利亚港,夜景壮丽迷人;
>
> 香港也因此被称为"东方之珠"。
>
> 这里晚上景色很美。

用警棍碰了碰他,福格也做了一个让他服从的手势。

"这位年轻的夫人可以跟我们一起去吗?"福格问。

"可以。"警察回答。

于是,警察带着福格、艾娥达和万事通上了一辆四轮四座马车,一路上谁也没说话。

马车经过贫民窟狭窄的街道,街道两旁都是矮小的土屋,屋子里聚居着很多衣衫褴褛的流浪汉。接着,马车又穿过欧洲区,这里的住宅都是砖瓦结构,椰子树茂密成荫,杉树高大挺立,使人赏心悦目。虽然还是清晨,可街上早已有络绎不绝的威武骑兵和华丽的马车了。

很快,四轮马车停在了一所房子前面。这所房子从外面看起来很平常,不像是私人住宅。警察让他们下了车,然后把他们带进一间有铁窗的屋子里,对他们说:"8点半钟,欧巴第亚法官将要审讯你们。"然后,警察把门锁上就离开了。

"糟了!我们被押起来了!"万事通一边大叫,一边没精打采地坐到椅子上。

艾娥达极力保持镇静,但立刻对福格说:"您现在先别管我了。他们抓您一定是为了我,一定是我连累了你们。"她语调不畅,显然内心非常激动。

福格回答说:"不可能是为这件事。为火葬的事抓我们?那绝对不可能!僧

侣怎么敢到这里告状？一定是搞错了。"福格表示，无论如何他也不会丢下艾娥达，一定会把她送到中国香港。

"可是12点船就要开了！"万事通提醒他说。

"我们12点之前准能上船。"福格毫无表情地说。

8点半的时候，房门被那个警察打开了，福格、艾娥达和万事通被带到隔壁的一个审判厅里。公众旁听席上坐着很多欧洲人和本地人，他们三个在法官和书记员座位对面的长凳子上坐了下来。

法官欧巴第亚出庭了，他后面跟着书记员。这位法官胖得像个大皮球，他把挂在钉子上的假发取下来，熟练地往头上一扣，同时宣布："开始第一个案件。"

居然是万事通在 **孟买** 闯的那个乱子！对于那件事，他们早就忘了，无论如何想不到他们竟会为这件事在加尔各答受审。事情是这样的：

密探菲克斯发现，万事通遇到的这个倒霉事对他有好处，于是

> **我的地理笔记**
>
> 孟买
>
> 印度西部滨海城市，有印度"西部门户"之称；
>
> 印度最大的海港，承担了全印度超过一半的客运量；
>
> 印度重要的贸易中心，人民生活水平较高；
>
> 有座和法国的凯旋门相似的"城门"——印度门；
>
> 看到印度门就看到了孟买。

这里有很多庙宇和教堂，各具特色。

第十四章·莫名其妙惨遭扣押

就把从孟买动身的时间往后推迟了 12 小时。他跑到玛勒巴山寺,对僧侣们说,他知道英国政府对于这类罪行处罚异常严厉,他们能得到一大笔损害赔偿费。

三个僧侣接受了他的建议,然后在孟买上了下一班火车,对福格一行人进行追踪。结果,让他们没想到的是,福格主仆二人途中为了救一个年轻女子,耽误了一些时间,于是菲克斯和三个印度教僧侣就赶在主仆二人之前先到达了加尔各答。

加尔各答法院非常重视这件事,一接到电报通知,就开始部署,只要福格他们一下火车,就逮捕他们。

菲克斯到达加尔各答后,发现福格根本没来,感到异常失望。他觉得,福格一定是在铁路线上的某个车站下了车,或者已经离开了印度,直到今天早上,他才看到福格带着一个年轻女人从火车上下来。这可把他高兴坏了,立刻叫来一个警察把他们抓起来了⋯⋯

旁听席后边的角落里坐着菲克斯,他特别关心审问和答辩。

法官欧巴第亚宣判:"因为福格先生不能提出主仆二人并非同谋的有力证据,福格就要对仆人的一切行为承担责任。据此,本庭判决福格禁闭 8 天,并罚款 150 英镑⋯⋯"

听到法官的判决,菲克斯心里说不出的高兴。福格要在加尔各答停留 8 天,他就一定能收到伦敦的逮捕令了。

万事通早吓傻了!他没想到因为自己的原因,居然将主人害惨了。可福格不动声色,好像这个判决与他没什么关系,他甚至连眉头也没有皱一下。当书记员宣布开始审理另一个案件的时候,福格站起来说:"我要保释。"法官答应了福格的请求。最后,他从万事通背着的袋子里拿出了 2000 英镑放在书记员的桌子上。

第十五章

一路跟踪的菲克斯

福格让艾娥达挽着自己的手臂,二人一同走出了法庭,万事通则垂头丧气地跟在后面。菲克斯多么希望他们选择坐8天禁闭而不是损失这2000英镑啊。没办法,他只能决定继续跟踪福格。

福格叫来一辆马车,带着艾娥达和万事通坐上车走了。菲克斯跟在车后面跑,不一会儿,车子就停在加尔各答的一个码头上。"仰光"号就停靠在离码头不远的海湾里,大桅顶上已经升起了即将开船的信号旗。这时,刚好11点,福格早到了一小时。

菲克斯眼睁睁地看着福格带着艾娥达和仆人下了车,上了一条小驳船,气得在岸上直跺脚。

"仰光"号是一艘邮船,属于印度半岛和远东公司,经常来往于中国和日本沿海。这是艘铁壳船,航行速度和"蒙古"号差不多,但设备比"蒙古"号差一些。艾娥达所住的房舱完全不像福格想的那样舒服。幸亏这条船航线一共只3500多海里,只要十一二天就能走完全程,何况艾娥达也不喜欢斤斤计较。

开船后的几天时间里,艾娥达对福格有了进一步的了解,一再对福格表示感谢。而沉默寡言的福格只听她讲,外表看起来依旧是冷冰冰的,没有表现出一点激情。

不过,福格为艾娥达的一切都准备得妥妥当当,每隔一段时间,他还会到艾娥达的房舱去看望一番,即使不跟她聊天,至少是在听她讲话。他对艾娥达严格遵守着一种礼节上的责任,同时带有一个死板绅士所固有的关心和令人摸不透的心情，而这种心情都会通过他的举止表现出来。

艾娥达不知道该怎样去想，万事通跟她谈了一些关于主人的古怪脾气。万事通告诉她，福格之所以要环球旅行，是跟别人打了赌。艾娥达笑了，无论如何，她都非常感激把她从危险境地救出来的福格。

艾娥达跟万事通讲述了自己的事情。她说帕西人在印度各族中占有着重要的地位，她自己也是帕西人。很多帕西商人在印度做棉花生意发了大财，移居到 日本 。有位杰吉荷依爵士还被英国政府授予贵族身份。杰吉荷依跟艾娥达是亲戚关系，现住在孟买。艾娥达去中国香港要投靠的人，正是杰吉荷依的堂兄弟。

"可是，我能不能在那里得到帮助呢？"艾娥达对此毫无把握。

对于这件事，福格答复很简单："不用发愁，所有的事情都会得到解决！"这是他的一句老话。

在被海员们称为"孟加拉的怀抱"的辽阔海湾里，"仰光"号

> **我的地理笔记**
>
> 日本
>
> 位于东亚地区，太平洋西岸的岛屿国家，与中国、朝鲜、韩国等隔海相邻；
>
> 领土除了北海道、本州、四国、九州四个大岛，还有6800多个小岛；
>
> 工业高度发达，电子、家用电器、汽车等行业在国际市场都很有竞争力；
>
> 日本的传统文化也很有特色，茶道、花道、书道是著名的"三道"文化。

日本

日本的茶道文化很有名。

安达曼群岛

我的地理笔记

安达曼群岛

处于孟加拉湾与缅甸海之间的群岛;

北安达曼岛、中安达曼岛和南安达曼岛常称作大安达曼群岛;

小安达曼岛位于安达曼群岛的最南端,是它的第四大岛;

这里出产的安达曼红木,是建筑、造船、做家具的良好用材;

世界上最矮的人种生活在这里,平均身高不到1.2米。

航行得很顺利,风向也有利于航行,可以说是一帆风顺。

没过多长时间,旅客就看到了大安达曼岛,它是 **安达曼群岛** 的主岛。"仰光"号沿着岛的海岸线从它旁边驶过,人们并没看到居住在岛上的帕卜阿斯人。据说他们是没有开化的民族,但说他们吃人肉,那是不符合事实的。安达曼群岛的风景非常优美,一望无际的森林遍布全岛,这里有棕树、槟榔树、肉豆蔻、竹子、柏木、大含羞草和桫椤树等。森林后面,还有俊秀的山峰层峦叠嶂,海滩上则飞着一群群海燕。

美丽的景物飞快地从船旁掠过,"仰光"号迅速开向通往中国领海的门户——马六甲海峡。

这时候,菲克斯在干什么呢?离开加尔各答时,他先跟警察局的人交代好:只要收到伦敦的逮捕令,就立刻转寄中国香港。然后,他背着万事通,偷偷上了"仰光"号。他准备先躲起来,等到了中国香港后再出来。

这里生活着矮人族呢。

第十五章 一路跟踪的菲克斯

这位侦探将自己的全部希望和幻想都集中在地球上的一个地方,那就是中国香港。当时的中国香港被英国管辖,也是福格旅途中最后一块英国的地盘了。过了中国香港,就是中国内地、日本、美洲,这对福格来说,都是更为妥当的避难所,菲克斯到了中国香港,一旦拿到逮捕令,就可以把福格抓起来交给当地的警察局,所有的事情都不费吹灰之力。但是,如果过了中国香港,仅有一张逮捕令就不管用了,还要办理引渡手续,自然就要延迟和遇到各种阻碍。

想到这里,菲克斯决定先去找万事通,跟他说明他的主人是个什么人,他自然不会再站在福格一边,但是他又有点担心万事通会走漏风声。正当他左右为难时,他看见福格正陪着艾娥达在"仰光"号上散步,顿时觉得又有了新的希望。

这个女人是什么人?她怎么会跟福格在一起?他们在哪儿碰到的呢?她难道是在旅途中碰巧认识了福格吗?福格搞这次穿越印度大陆的旅行,会不会是提前计划好的,就是为了找这位如花似玉的美人呢?

这个女人的确很漂亮!之前在加尔各答的法庭上,菲克斯已经见过她了。他挖空心思地想,这件事会不会牵连到诱拐妇女的罪行呢?没错,一定是诱拐妇女!菲克斯在心里认定了这个想法,他发现能从这件事上做文章。

不论这个女人是不是有夫之妇,只要是诱拐妇女,他都能给福格制造一些麻烦,不让他脱身。

这事不能等到了中国香港才动手,必须预先通知中国香港英国当局才行。于是在下船之前,菲克斯就开始监视"仰光"号的出口。这件事情做起来不难,因为"仰光"号要在新加坡停留,新加坡和中国海岸可以借助电报进行联系。

为了把事情办得更有把握,菲克斯决定先去探探万事通的口风。

自从上了船,菲克斯就一直故意躲着,还没在万事通跟前露过面。

但现在,他决定不再躲了,时间不容耽误,这天已经是10月30日,"仰光"号第二天就要到新加坡了。

菲克斯走出自己的房舱,上了甲板。这时,万事通正在那里散步,他故作惊讶地走过去,主动和万事通打招呼:"咦!你也在这艘船上!"

"呃——菲克斯先生,您也在这儿!"万事通认出了这位曾在"蒙古"号上同船而行的旅伴,惊讶地问道,"怎么回事?当初和您在孟买分手后,没想到您现在也在这条去中国香港的船上!难道您也要环球旅行?"

"不,不!"菲克斯说,"我打算去中国香港,要在那里待几天。"

"奇怪!"万事通愣了一会儿,又说,"从加尔各答开船到现在,我怎么一直没看到过你呢?"

"呃,这几天我不太舒服……有点晕船……"菲克斯一边回答,一边想着如何措辞,"所以,我一直躺在房舱里,没怎么出来走动……在印度洋上航行时我还承受得住,到孟加拉湾就不行了。你的主人福格先生,还好吗?"

"他身体好得很,他完全按照行程计划行事,没有拖延一天!哦,菲克斯先生,您可能还不知道吧,现在有一位年轻的夫人跟我们同路呢。"

"一位年轻的夫人?"对万事通的话,菲克斯装作没听懂的样子。

万事通马上打开话匣子,将整件事情告诉了菲克斯。不仅说了自己在孟买闯的祸,还讲了他们怎么救了艾娥达,以及在加尔各答如何被判刑和交保释放的事儿。

对于后面发生的事,菲克斯当然知道得很清楚,不过他都假装不知道。

万事通讲得兴高采烈,菲克斯也似乎听得津津有味,之后他问:"你的主人是要打算把这位年轻的夫人带到欧洲吗?"

"不!那绝不会!我们只把她送到中国香港,那里有她的一个亲戚,是一位富商。"

菲克斯听了,心里很是失望,却又对万事通说:"咱们去喝杯杜松子酒吧?"

"那太妙了,菲克斯先生!"万事通一口答应,"为咱们在'仰光号'上重见碰杯,这真是个千载难逢的好机会!"

从这一天开始,万事通就总能见到菲克斯。菲克斯在他面前很谨慎,一句话也不多问。他和福格也见了一两次,福格总是自由自在地待在"仰光"号的大客厅里,有时陪着艾娥达,有时照例玩牌。

万事通虽然想事情简单,但对于菲克斯又一次跟他主人同坐一条船这件事,他总觉得有点奇怪。

第十六章
新加坡、中国香港一路行

万事通觉得，菲克斯很有可能是改良俱乐部和福格打赌的那些人派来跟踪福格的，目的就是要监督福格是不是老老实实地按照商定的路线环游地球的。万事通对自己的这一番判断非常得意，觉得自己一定判断得不差。不过，他决定不跟福格讲，因为他担心如果告诉了主人，会伤了他的自尊心。

10月30日星期三的下午，"仰光"号进入了马六甲海峡。海峡位于马六甲半岛和 苏门答腊 中间，岸边有许多险峻秀丽的小山岛，吸引了旅客们纷纷出来观看，而对苏门答腊的风光却顾不上欣赏了。

第二天早上4点钟，"仰光"号到达了 新加坡 ，比规定航行时间提前了半天。船要在这里加煤。福格把这提早的半天时间记在旅行日程表里，属于盈余时间。艾娥达想利用这几个小时到岸上看看，于是福格陪她一起下了船。

而菲克斯呢，他对福格的任何行动都表示怀疑，也偷偷地跟着下了船。万事通看到菲克斯那副样子，忍不住偷偷地暗笑，之后也上岸去买东西。

新加坡既不广阔也不雄伟，又缺少依靠的大山，但看起来依然清秀可爱。艾娥达和福格坐在一辆漂亮的马车里，由两匹进口骏马拉着，在长着绿油油叶子的棕榈和丁香树丛中奔驰而过。周围一丛丛的胡椒树被当作篱笆墙，椰子树和大棵的羊齿草伸展着茂密的枝叶，深色绿叶的豆蔻树散发着浓郁的香

我的地理笔记

苏门答腊

位于东南亚印度尼西亚西部的岛屿，也是世界第六大岛屿；

因盛产黄金，这里也被称为"黄金岛"；

哇，好多黄金呀！

这里有90多座火山，火山喷发的矿物质使这里的土地变得非常肥沃；

此外，岛上还盛产棕榈油和石油。

我的地理笔记

新加坡

东南亚的岛国,毗邻马六甲海峡,别称狮城;

国土除了新加坡岛之外,还有周围63个小岛;

国内绿化环境建设得非常好,有"花园城市"的美称;

这里有4种官方语言,即英语、马来语、华语和泰米尔语。

气,风景真是美如画。

树林里有一群群的猴子,树林深处还会发现老虎的踪迹。据当地人说,这些野兽都是从马六甲泅水过来的,如今生活在这座小岛上。

艾娥达和福格坐着马车在乡下游览了两个小时,福格有些心不在焉,之后就回城里去了。城里到处都是高楼大厦,周围还有很多美丽的花园,桲果树、凤梨树等果树随处可见。

10点钟,艾娥达和福格回到了船上。他们不知道的是,菲克斯也悄悄租了一辆马车,跟在他们后面兜了一圈,结果他什么也没发现,还得自己付车钱。

万事通买了几十个跟普通苹果一样大的桲果,在"仰光"号甲板上等着福格他们。这种水果的外皮是深棕色的,里面的皮是鲜红色的,中间的果肉却是雪白的。放在嘴里一尝,简直太好吃了。

万事通兴高采烈地把这些桲果送给了艾娥达,艾娥达亲切地表达了感谢。

"仰光"号加好煤,11点钟准时离开了新加坡。几小时后,旅客已经看不见之前的那些美景了。

新加坡距离中国香港大约有1300海里，为了赶上11月6日从那里开往日本重要港口横滨的客船，福格希望在6天内到达中国香港。

"仰光"号上的旅客非常多，有印度人、锡兰人、中国人、**马来西亚**人和葡萄牙人，多数都是二等舱的旅客，而且是从新加坡上的船。

天气本来一直都不错，但是，随着半圆的月亮在东方出现，海上巨浪翻滚。海风刮得很紧，只不过风是从东南方吹来的，有利于"仰光"号航行。看到是顺风，船长命令张起全部船帆。在海风和引擎的双重动力下，客船航行的速度大大提高了。

就这样，"仰光"号在急促而令人眩晕的海浪中，沿着安南和交趾的海岸前进着。由于船身不停地颠簸，很多旅客都晕船了。造成这种情况的主要原因并不是海浪，而是这艘船。

印度半岛公司的船，从"加尔各答"号到"高丽"号，再到"仰光"号，与法国的船相比，差了很多。只要船里浸入的海水重量达到船身重量的六分之一时，船就会沉入海底。所以，遇到坏天气必须加倍小心，甚至还要收起大帆，放慢速度前进。

这简直是浪费时间，福格倒没有任何急躁的情绪，但万事通早就坐不住了，他埋怨船长，埋怨大副，埋怨公司，船上所有的工作人员几乎都被他骂了一遍。一天，他见到了菲克斯，说了些莫名其妙的话，搞得

我的地理笔记

马来西亚

东南亚国家，简称大马，首都吉隆坡；

东临中国南海，西靠马六甲海峡，周围邻居有泰国、新加坡、菲律宾等；

由中国南海分为东马和西马，即加里曼丹岛北部和马来半岛；

全国面积约33万平方千米，大部分人口是马来人，还有不少华人；

地形北高南低，境内最高峰京那巴鲁山高达4101米；

因为挨着赤道，所以属于热带雨林、季风气候，没有明显的四季之分；

马来西亚

马来犀鸟是这里的国鸟,因头上的盔突很像犀牛角而得名。

它们头上真像顶着个犀牛角呢。

这位侦探疑神疑鬼,以为自己的身份被他看穿了。

此刻,菲克斯在自己的房舱里苦苦琢磨,心神不宁:万事通告诉他主人没有?他在这件事里到底扮演什么角色?他会不会也是福格的同谋?这件事是不是已经漏底了……

菲克斯苦恼地想了好久,一会儿觉得一切都完了,一会儿又希望福格不了解他的情况,最后还是不知道该怎么办。后来他决定如果到了中国香港还不能逮捕福格,到时候福格真要离开这最后的一块英国地盘,那他就跟万事通直接挑明。

可是,他很快又否定了自己的想法。如果万事通是福格的同谋,那福格就知道了一切,这件事也就糟了。如果他与这件盗窃案没有瓜葛,他就会为自己打算,撇下福格。

菲克斯与万事通之间的关系就是这样微妙。而福格则像一颗高悬在他们头上的行星,漫不经心地沿着自己的轨道环游地球,根本就没考虑在它周围运行的那些小行星。

第十七章
冤家路窄总聚头

在航行的最后几天里,天气越来越糟,西北风呼呼地刮着,"仰光"号的航行速度也大大降低。根据目前的情况,到达中国香港的时间多半要比预定时间晚20小时。如果暴风雨不停,那延误的时间肯定还要更长。船上的人怨声载道,尤其是万事通急得如热锅上的蚂蚁,而福格一直表现得面不改色,仿佛这场风暴也在他的预料之中。

经过两天的颠簸,11月6日下午,"仰光"号终于到达了中国香港,这比福格预定的时间晚了一天。但幸运的是,本该在昨晚开往横滨的船"卡尔纳蒂克"号因为锅炉维修,也延时了,明天早上才出发。这对福格来说十分有利,既不耽误搭船,还有时间帮艾娥达寻找亲戚。

万事通也高兴坏了,在安顿好艾娥达后,他走向 **维多利亚港**,欣赏着那些在中国流行的轿子和带篷的轿车。到了港口,他看到那里聚集着英国、法国、美国、荷兰等国的船只。有军舰,也有商船;有小船,也有大帆船、汽艇和舢板,甚至还有"花船"。

万事通还进了一家理发店,按照中国的习俗刮了一次脸。从理发店出来,他就走向"卡尔纳蒂克"号停靠的码头。这时,菲克斯正独自在河边徘徊,看起来很失望。万事通装作对他的烦恼完全没有看出来,笑嘻嘻地上前跟他打招呼。

> **我的地理笔记**
>
> **维多利亚港**
>
> 位于中国香港的香港岛和九龙半岛之间,世界三大天然良港之一;
>
> 维多利亚港的名字,来自英国的维多利亚女王;
>
>
> 它是以英国女王的名字命名的。
>
> 港中最深的航道是鲤鱼门,最浅的航道则是油麻地;
>
> 这里是香港举行烟花会演的主要场地,夜景非常迷人。

第十七章 · 冤家路窄总聚头

说实在话,这也不能怪菲克斯没有好脸色,因为他的运气太差了,还是没有拿到逮捕令!逮捕令依然在后面追着转寄,只要在中国香港再待上几天,他一定会收到。但福格明天就离开中国香港了,要是不能在这里逮捕福格,他一定会远走高飞。

菲克斯和万事通一起走进售票处,订了4个舱位。售票员告诉他们,"卡尔纳蒂克"号已经修好了,原来规定明天早晨开船,现在提前了,今天晚上8点钟就开。

"这简直好极了!"万事通说,"提早开船对我主人更合适,我现在就去告诉他。"菲克斯决定赌一把,为了拖住福格在中国香港多待几天,他打算把一切都告诉万事通,便邀请万事通到酒店去喝两杯。

万事通看时候还早,便接受了邀请。两人边喝边聊,让万事通没想到的是他原本以为菲克斯是那帮赌友派来的,没想到竟是个侦探。菲克斯说福格是个盗窃犯,万事通却坚决不相信自己的主人是那样的人,更不肯帮他拖住福格的脚步。菲克斯干脆把他灌醉。后来万事通醉倒在酒店里,就没能及时通知福格"卡尔纳蒂克"号会提前出发的消息。

第十八章

暴风雨中紧急呼救

当万事通醉倒的时候,福格正陪着艾娥达购买旅途中需要的东西。在此之前,他打听到艾娥达在中国香港的亲戚已搬去了荷兰,只好建议艾娥达和他一起前往欧洲,艾娥达便同意了。一开始,他对万事通深夜未归并没有在意,他以为在第二天早晨之前,开往横滨的船是不会离开中国香港的。

等到了早上,福格带着艾娥达来到码头,才知道"卡尔纳蒂克"号昨晚已经开走了,万事通也没见到人影。不过,福格仍然没有慌乱,他对一脸不安的艾娥达说:"这是个意外,没什么。"

之后,他从一个海员那儿租了艘船——"唐卡德尔"号。这艘船准备开往上海,因为海员说开往美国旧金山的船是从上海始发的,只是中途停靠横滨。福格去警察局报了案,并给万事通留了一笔费用,就带着艾娥达上了船。而菲克斯呢,也跟着他上了这艘船。

现在还是11月上旬,当天傍晚,"唐卡德尔"号便乘着有利风向,开足马力,顺风飞驰在一望无际的大海上。

福格像个水手一样,直立在甲板上,目不转睛地盯着汹涌的波涛。艾娥达坐在船尾,漫不经心地凝视着辽阔的海洋,一副若有所思的样子。

| 第十八章·暴风雨中紧急呼救 |

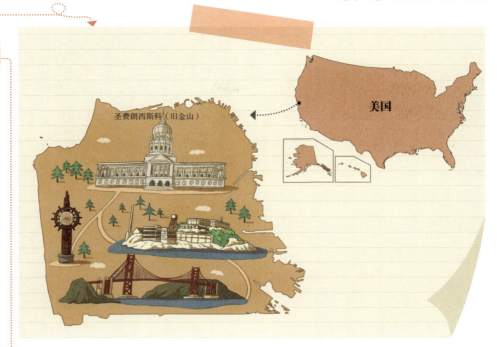

我的地理笔记

旧金山

美国著名的港口城市，位于太平洋沿岸，隶属加利福尼亚州；

美国西海岸的金融中心，高科技研发基地硅谷就在附近；

也是世界著名旅游胜地，加州人口第四大城市；

这里的金门大桥连接旧金山和北部的马林郡，是世界著名的悬索桥；

这是一项建筑奇迹！

这里还有著名的斯坦福大学、加州大学、旧金山大学等高等学府。

在美国人眼中，旧金山是最受欢迎的城市哟。

天渐渐黑下来，船主点上了夜航信号灯。这一带，船只来往频繁，常有船只碰撞的事件发生，点信号灯是非常必要的安全措施。

菲克斯则正在船头沉思，想着下一步该怎么办。他知道福格是一定会赶上开往 **旧金山** 的邮船，逃往美洲大陆的。美洲那么大，他当然能逍遥法外了。

在菲克斯看来，福格跟其他坏蛋一样，本可以直接从英国搭船去美国，却兜了一个大圈子，走遍了大半个地球。他的目的无非是想安全到达美洲大陆，等骗过了英国警察厅，就可以在美洲舒舒服服地享用从银行里偷来的那一大笔钱了。

到了美国该怎么办呢？放弃吗？坚决不能！他要寸步不离地跟着福格，一直等到办好引渡手续。这是他作为侦探的天职，一定要坚持到底。而且，他现在还有个有利条件，万事通已经不在福格身边了。他已向万事通公开了自己的身份，就更不能让这对主仆见面了。

福格不是没想过莫名其妙失踪的万事通，设想了各种情况后，他觉得这个倒霉的小伙子可能由于某种误会，在"卡尔纳蒂克"号快要开的时候上船了。

艾娥达也是这样想的。她一直很感激万事通救了自己，他的失踪让她万分难过。她觉得，可能到了横滨就能找到他。

"唐卡德尔"号迅速前进着，船主感觉成功在望，好几次对福格说："一定会按时到达上海。"福格只简单地回答："但愿如此。"

因为船上所有的海员都非常卖力，所以"唐卡德尔"号一直走得顺利。此时，帆索都被绑得紧绷绷的，拉得笔直！篷帆也吹得鼓鼓的，方向没有一点偏差，掌舵的人做得非常棒。

傍晚，船主检查了测程器，"唐卡德尔"号已离开中国香港220海里。福格希望到达横滨的时候，自己的计划不会被耽误。如此，从伦敦出发以来第一次碰到的意外，多半能平安度过。

快要天亮之前，"唐卡德尔"号越过北回归线，直接开进了台湾海峡。海峡中水流很急，到处都是漩涡。船只被急促的海浪阻碍，走得非常吃力，人们在甲板上，已经无法站稳脚跟了。

等太阳慢慢升起，海风更大了，大海上空的景象预示大风将至。同时，晴雨表也预告气候

第十八章 · 暴风雨中紧急呼救

即将发生变化。此时，回首眺望，东南海上已经是巨浪滚滚，这一切都预示着暴风雨就要来了！

等到黑夜降临，海上闪出了迷人的光辉，夕阳慢慢消失在绯红的薄雾中。船主看了看海上的这种景象，嘴里不停地嘟囔着，听不清他在说些什么。过了一会儿，他走到福格跟前低声地说："先生，我可以把实际情况都告诉您吗？"

"发生了什么事情？都告诉我吧。"福格回答说。

"我们马上要碰上台风了。"船主说。

"是南风，还是北风？"福格简单地问。

"南风。您瞧，台风就要刮起来了。"

"既然是从南面来的，就让它刮吧，它会帮我们走得更快些。"福格回答说。

"如果您不在乎，那我就没什么说的了。"

船主判断得一点没错。据气象学家说，台风在深秋刮起来会像闪电一样掠空而过，但在冬天，就会持续猛烈得多。

为了应对台风，船主马上做了预防准备。他让人把船上所有的帆篷都绑紧，把帆架卸下来，连顶帆桅杆也放下来了。之后，他又让人去掉前帆上的附加尖桅，将各个舱口都盖好，不让一滴水从外面流进船舱。舱面上只留下一张厚布三角帆代替船头上的大帆，以便利用背后吹来的大风继续航行。

一切就绪，静待台风吹来。

夜里将近 8 点钟的时候，暴风骤雨向小船袭来，"唐卡德尔"号上的船帆被吹得像一根鹅毛一样，飘忽不定。这种惊险是无法描述的，但船行驶的速度极快，比开足马力的火车头还要快 4 倍。

排山倒海的巨浪无数次拍上小船的甲板，但船主老练地转动船舵，马上化险为夷。勇敢的艾娥达注视她的旅伴，她完全被福格的镇定吸引住了。

这场暴风雨虽然没持续多长时间，却异常凶猛。小船没有在黑夜的暴风雨中出岔子，也是个奇迹。等到风波平息的第二天夜晚，海上相当平静。为了提高船速，船主命令重新装起大帆。

这一天是11月11日,当太阳升起来时,船主目测小船离上海已不足100海里了。可是,离预定的时间却只剩下一天了。福格要想赶上开往横滨的邮船,就必须在今天晚上到达上海才行。

这时,"唐卡德尔"号上已经悬挂了布帆,全速前进。到了中午,小船距离上海已经不足40海里了。但要想在开往横滨的邮船起锚前赶到港口,时间只剩下6个小时。

船上的人都非常担心,想要尽可能赶到上海。除了福格,所有人都很着急。按时间计算,小船必须保持每小时9海里的速度才能按时到达目的地。可是风越来越小,所起的助力也微乎其微。小船一直顺流前进,到了下午6点钟,船主估计距离 **黄浦江** 大概只

我的地理笔记

黄浦江

上海境内的主要河流,将上海分成浦东和浦西;

全长约113千米,河宽300至770米;

上海的重要水道,始于上海青浦区淀山湖,在吴淞口注入长江;

两岸有100多个码头,上海客货码头也在这里;

此外,沿河还荟萃了上海城市景观的精华,例如东方明珠广播电视塔。

这是上海的标志性文化景观。

第十八章·暴风雨中紧急呼救

有十来海里，而上海离黄浦江入海口至少还有12海里。

下午7点，小船距离上海还有三海里。这场风暴真是耽误了不少行程，船主不停地咒骂老天，最终，船还是没能按时赶到上海，他那200英镑的奖金也要告吹了。而福格仍是面无表情，尽管他的成败也维系在这一发千钧的时刻上……

这时，一艘轮船出现在不远处的河道上，又长又黑的烟囱正冒着滚滚浓烟。很巧，这正是那条准时从上海开出的美国邮船。

"该死的！"船主无比绝望地一推舵盘，大吼道。

"发信号！"福格简单又镇定地说。

船员立刻把一架小铜炮拉到船头，这架铜炮本来是为迷失方向时发信号使用的。此时，铜炮里装满火药，船主正准备点燃导火线，福格又说："下半旗！"

这是一种求救信号！船员将船旗下降到旗杆的中部，只要在海上航行的美国邮船看到，就能改变航线向"唐卡德尔"号开来。

"开炮！"福格说。小铜炮立刻发出惊人的轰鸣声，响彻在大海上空。

第十九章

横滨区的外籍人士

11月13号，"卡尔纳蒂克"号顺利开进横滨港口。横滨是太平洋上的一个重要港口，往来于北美、中国、日本和马来西亚的邮船和客船都要在这里中途停靠。

万事通没精打采地下了船，踏上了这块属于日本的土地。原来，那天他被菲克斯弄晕后，拼命挣扎起来，迷迷糊糊地上了"卡尔纳蒂克"号。等他清醒过来后，发现自己已经在船上了，而主人福格和艾娥达却没在船上。他猜想福格可能遭到了菲克斯的算计，恨得直揪自己的头发。

此时，万事通走进一个完全欧化的城区。那些房子正面低矮，前面紧靠大街的是一排回廊，由漂亮的柱子支撑着。这里跟中国香港、加尔各答一样，到处都是乱哄哄的，挤满了各个地方的商人。大街上人来人往，有头戴漆花尖帽、腰挂东洋刀的海关人员或警察，有身穿蓝底白纹棉军装背着枪的士兵，还有身着丝绸上衣外套铠甲的天皇御林军……此外，街上还有各个不同等级的军人。

除了这些人，街上还有化缘的僧侣，穿着长袍的信徒以及普通老百姓。这些人都是头发乌黑，头大，腿细，个子矮。肤色深的像青铜一样，浅的则如白粉一般，但没有中国人那样的黄面孔。这一点，大概是中国人和日本人最基本的区别吧。

大街上，日本妇女也是来来往往。她们的双脚并不大，步子小，有的穿着布鞋，有的则穿着草拖鞋或特制的木屐。这些妇女长得并不漂亮，眼角上挑，胸部紧束成平平的，牙齿则染成了黑色。她们穿着和服的样子，倒是很别致。

和服是日本的传统服饰，是一种家常长袍，穿着的时候要加上一条交叉的缎带，腰上再围上一根宽大的腰带，腰带在背后常结成一朵大蝴蝶结。目前，巴黎女人最新式的装扮，大概就是从日本妇女这里学来的。

在人群熙熙攘攘的大街上，万事通游荡了好几个小时，参观了稀奇古怪又富丽堂皇的店铺，欣赏了金光夺目的日本首饰市场。后来，他还来到了田野里找吃的，因为他兜里没有钱，得考虑怎么填饱肚子才行。

第二十章

万事通成了"小丑"

第二天,万事通又累又饿,无论如何,他得先想办法吃饭。其实,他还有一个办法,就是卖掉自己的手表,但他宁愿饿死,也舍不得把手表卖掉。他是个能干的小伙子,目前还有一个难得的机会,那就是靠他那虽不动听却浑厚有力的歌喉去沿街卖唱。

万事通会唱一些英法等国的陈词旧调,决定去试试。他觉得日本人也一定喜欢音乐,这里人经常听的都是铙钹、铜锣和大鼓的声音,肯定也会欣赏这位欧洲"声乐家"的歌喉。不过,现在时间还早,他可不能立刻拉开场子卖唱,歌迷多半也不会打赏给他。

万事通打算再等几个小时,他走着走着,忽然心血来潮,觉得自己要是穿上一套江湖艺人的衣服,那效果更妙。他甚至还想拿自己的西装去换一套更适合现在身份的演出服,而且说不定西装还能多换点钱,马上就能去填饱肚子。

打定了主意,说干就干,万事通开始寻找旧衣店。他找了很长时间,才找到一家合适的店铺,那家店主很喜欢他这套西装。不一会儿,万事通就穿着一套旧和服、戴着一顶旧花纹头巾走出来了。当然,如他所愿,口袋里还多了几块丁零当啷响的硬币。

万事通高兴极了,自言自语道:"真是太妙了,我觉得像是在过节!"

他走进一家小茶铺,叫了一点零碎的鸡鸭肉,又要了点米饭,凑合着吃了一顿早饭。他的样子像极了那种吃了上顿没下顿的可怜人。

吃完了饭。万事通对自己说:"现在我可不能稀里糊涂地过日子了,可不能再将这套旧衣服卖掉,去换一套更破的衣服了。我得赶快想办法,尽早离开这个'太阳之国',这里留给我的只能是倒霉的回忆。"

万事通想去打听一下有没有开往美洲的邮船,希望能到船上当一名厨师或者侍从。他可以不要报酬,只要让他白坐船又管饭就行。他打算先到旧金山,再计

划下一步怎么办。

万事通做事果断,想好了就立即赶往横滨港口。可是离码头越来越近,他对自己的这个计划反倒越来越觉得没把握了。他自己不断地嘀咕:人家凭什么雇用我到船上去做厨师或侍从呢?我这样一身打扮,人家怎么相信我呢?我能提供什么可证明自己的文件呢?

万事通冥思苦想,正不知道该怎么办时,忽然看到一张大大的海报被一个扮演马戏团小丑的人背着,他正在横滨的大街上来回走动。海报上用英文写着:

尊贵的维廉·巴图尔卡先生带领的
　　　　日本杂技团
出国赴美公演之前,最后一次演出
在"泰古神"佑护下演出特别节目
　　　　长鼻子——鼻子长
惊心动魄,精彩绝伦!

万事通看了，口里叫道："到美国去，这正是我想要做的事！"于是，他跟在这个背海报的人后面，来到一个很大的马戏棚门口。棚上插着一排排旗子，花花绿绿的，外墙上还画着一些杂技演员的肖像，虽然这些画像都画得一般，但色彩都很醒目。

这里就是海报上所说的巴图尔卡先生的杂技团剧场了。他是一位美国杂技团经理，手下有一大批演员，包括跳板演员、杂技演员、体操演员、小丑、魔术师等。按海报介绍，今天是他们离开这里到美国去的最后一次演出了。

万事通走进马戏棚，来到一个回廊前，说想见见巴图尔卡先生。不一会儿，巴图尔卡便走了出来，问万事通有什么事，他起初把万事通当成日本人了。

"您需要一个用人吗？"万事通直截了当地问。

这位马戏团经理摸着他那浓密的胡子，说："我这里有两个用人，都很忠实听话……喏，你瞧！"说着，他就举起自己那两条粗粗的胳膊，上面鼓起一条条青筋，像低音提琴上的琴弦一样粗。他的意思很明显，他并不需要什么用人。

"可是，我想跟你一起去美国，这对我很合适。"万事通接着说。

"啊，原来是这么回事！"巴图尔卡先生说，"如果说你这身打扮像个日本人，那我自己就像个猴子了。"

当他知道万事通是法国人时，又说："我想您一定会装模作样喽？"

万事通听到别人这样说，有点恼火地回道："不错，有些法国人确实会装模作样，但是比起美国人，还是小巫见大巫！"

"好吧，即使不能雇你当用人，也可以请你当杂技团的小丑。你会唱歌吗？"巴图尔卡先生问道。

"会啊！"于是，两个人当场就拍板决定了。

万事通一开始在杂技团里打杂，什么都干。当天有个节目叫叠罗汉，需要他帮忙，他和几十个同伴一起叠罗汉。就在表演的时候，他看到了他朝思暮想的主人——福格先生。

第二十一章

登上"格兰特将军"号

原来,那天晚上,福格乘坐的小船发出求救信号,成功引起了那艘开往横滨的大邮船的注意。邮船靠过来,将福格等人接了上去。

11月14日早晨,邮船准时地到达了横滨。福格一下船,就去找"卡尔纳蒂克"号。到了那里才知道,万事通在昨天晚上就到了横滨,艾娥达得到消息,高兴极了。福格也同样感到高兴,不过他脸上仍是不动声色。他当天晚上就要搭船去旧金山,所以他要马上找到万事通。但跑遍了横滨大街,他也没看到万事通的影子。后来,他鬼使神差地进了巴图尔卡先生的杂技团,竟在这里遇到了万事通。

万事通看到主人,一激动就搞砸了演出。不过,福格先生很快出钱摆平此事,将他领了出来。万事通见了艾娥达,得知这几天来发生的事。提到菲克斯,万事通并没有马上说出他们之间发生的事,他觉得现在还不是时候,只说自己在酒馆喝醉了。

当晚,他们随即乘坐邮轮离开横滨,这艘船名叫"格兰特将军"号。这是艘重达2500吨的大船,设备精良,速度很快。按每小时12海里的速度计算,它完全能在21天内横渡太平洋。福格相信,12月2日能到达旧金山,11日就能到纽约,然后20日就可以返回伦敦了。如此,他就能在原定的那个决定成败的时间——12月21日完成这次环球旅行,比约定时间还能提前几个小时呢。

第二十一章 登上"格兰特将军"号

船上的旅客很多,有些是英国人,但多数是美国人,以及到南北美洲做苦力的移民。这次旅途相当顺利,没有发生任何航海事故。"格兰特将军"号依靠巨大的轮机和全面张开的风帆,四平八稳地向前行驶在太平洋上,太平洋真是名副其实的"太平"。

福格依旧很少说话,但他身边的旅伴艾娥达,对他日益感到亲切,这种亲切好像已不仅仅是感激之情。福格和蔼可亲的沉稳性格,让她不知不觉地堕入了一种微妙的幻想中。

离开横滨9天后,福格正好绕了半个地球。11月23日,邮轮穿过了180度子午线,这条子午线位于东半球,正好与西半球的伦敦隔着地球成一条垂直线。

这时候,福格预定的80天期限已经用去52天,只剩下28天了。不过,应当说明的是,如果按照地球经度子午线计算的话才走完了一半路程,但事实上已经完成三分之二以上的旅行计划了。因为,由于交通条件的限制,他们不得不绕一个大圈子,从伦敦到亚丁,从亚丁到孟买,从加尔各答到新加坡,再从新加坡到横滨……

如果单纯顺着伦敦所在的纬度直线环绕地球,那全程也就12000英里。而事实上,福格需走26000英里才能回到伦敦。11月23日,他们已经走完大约17500英里了。从此地到伦敦都是直路,而且那个专门制造麻烦的菲克斯也不在了。

万事通感到一种胜利般的喜悦。假如菲克斯也在这里,他很想听听这个人还会对他说些什么。

那么,菲克斯现在到底去哪儿了呢?其实,他就在"格兰特将军"号上。他在横滨领事馆终于拿到了那张逮捕令,这张逮捕令从孟买开始一直跟在他后面转寄,转寄40天了。有关当局以为菲克斯一定会乘"卡尔纳蒂克"号,就把这张逮捕令也寄到了横滨。可以想象,菲克斯拿到这张逮捕令时有多么伤脑筋,因为它在这儿没用了，成了一张废纸！福格已经离开英国的管辖范围，要想逮捕他，必须去当地政府办理引渡手续才行。

平息了怒气之后，菲克斯对自己说："算了！逮捕令在这儿不行，但等到了英国本土照样还管用。福格这个流氓看样子真要回到英国，他以为骗过了警察厅。好，我就要一直盯着他，一盯到底。至于赃款，这一路上他挥霍了那么多，天知道还能剩下多少！不过，反正银行的钱多着呢！"

拿定了主意后，菲克斯立即登上了"格兰特将军"号。当福格和艾娥达上船的时候，菲克斯早已在船上了。只是，他万万没想到，万事通竟然又跟在福格身边了。为了避免发生冲突，菲克斯马上躲进自己的房舱里。有一天，甲板上的旅客很多，菲克斯认为自己绝不会被发现，才放心大胆地从房舱里走出来。可是，没想到冤家路窄，在前面的甲板上，他还是遇到了万事通。

万事通二话不说，上去就掐住菲克斯的脖子，左一拳，右一拳，把他结结实实地揍了一顿。万事通心里得到了一点安慰，火气也小了。这时，菲克斯的仪表已经很不像样了。

他爬起来，望着万事通，冷冷地说："打够了？"

"嗯，暂时打够了。"万事通冷静下来，和菲克斯一起坐在了船头甲板上。

菲克斯说："我早就等你打我一顿了。从现在开始，我不会再跟你的主人作对了，我要帮助他。"万事通以为菲克斯相信福格是个好人了，可是他怎么也没有想到，菲克斯这么做是要为福格返回英国扫除障碍，然后好在英国拘捕他。

12月3日，"格兰特将军"号开进 金门 港，到达旧金山。按照之前所定的计划，福格如期到达旧金山，既没有提前，也没有推迟。

美国金门海峡

> **我的地理笔记**
>
> 金门
>
> 即金门海峡，美国连接太平洋和旧金山的海峡；
>
> 东西长8千米，扼守着出入太平洋的咽喉；
>
> 1937年，这里建起了世界著名的悬索桥——金门大桥；这里是一个天然的大良港，桥下可通过巨轮呢。

第二十二章

混乱的旧金山选举

旧金山港口里有许多浮码头,可随潮水升降,方便往来船只装卸货物。这天早上7点,福格、艾娥达和万事通踏上了美洲大陆。在这些浮码头的边上,停泊着各种吨位的帆船、不同国籍的轮船,还有专门在 萨克拉门托河 及其支流航行的汽艇,汽艇是几层甲板那样的。

终于到了美国,万事通高兴极了,他觉得此时此刻必须用一个漂亮的鹞子翻身的动作跳下船来,才能表达内心的喜悦。他也真的这么做了。可惜,当他两脚踏在烂糟了的浮码头上时,差点没栽个跟斗。他欢呼雀跃,提高嗓门大叫一声,把码头上一大群鸬鹚、塘鹅吓得一哄而散。

福格下船后,就去打听下一班开往纽约的火车,时间是下午6点钟。这样,他在加利福尼亚州最大的城市旧金山有一个白天的空闲时间了。万事通花3美金雇了一辆马车,和艾娥达乘坐马车赶往国际饭店。

坐在马车上,万事通好奇地欣赏着这个美国大都市。这里有宽阔的大街、整齐的房屋、哥特式大教堂和礼拜堂,还有巨大的船坞,像宫殿一样的仓库。这些仓库有的用木板搭成,有的则是用砖瓦盖的。大街上自然是车水马龙,

> **我的地理笔记**
>
> 萨克拉门托河
>
> 美国加利福尼亚州最长的河流;
>
> 发源于卡斯克德山脉的沙斯特山附近,全长382英里;
>
> 这条河自发源地向西南方向流淌,最后注入旧金山湾北部。

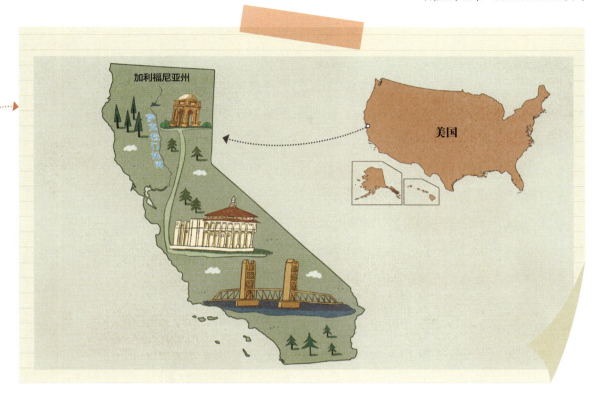

来往的车辆既有四轮马车和卡车,也有电车。人行道上也都是行人,不仅有美国人,还有欧洲人、中国人、印第安人等,他们共同组成了这座城市的 20 万居民。

看着眼前的景象,万事通内心非常感慨。早在 1849 年,这里还是一个相当传奇的城市,很多人到这里来寻找金矿,包括那些杀人放火的亡命之徒和江洋大盗。但那样的"黄金时代"已经远去了。

而今天的旧金山,是一座典型的巨大商业城市,那座市府大厦的高塔俯瞰着全城的大街小巷。每条街道都整整齐齐,好似刀切的一般,马路中间点缀着青葱翠绿的街心公园。再往前就是华人区了,华人区好像是用玩具盒把一块中华帝国的土地运到了这里。

在现在的旧金山,再也看不到头戴宽边大毡帽的西班牙人了,也看不到爱穿红衬衫的淘金者了,更看不到戴着羽毛装饰的印第安人了,取而代之的是那些穿礼服戴丝帽追名逐利的绅士们。街道两旁,有不少豪华的商店,货架上陈列着来自世界各地的商品。这里的蒙哥马利大街就是如此繁华，它可以跟伦敦的瑞金大街、巴黎的意大利大街、纽约的百老汇大街等相媲美。

不过，万事通一走进国际饭店，就感觉好像还没有离开英国。饭店的楼下有一个很宽敞的酒吧间，为顾客供应各种冷食，这里的肉干、牡蛎汤、饼干和干酪等都可供客人们免费享用。此外，英国啤酒、**葡萄牙**红酒、西班牙葡萄酒等各种酒水也应有尽有，顾客可随时进来喝两杯，只需付酒钱就行。

国际饭店的餐厅很舒适，服务也非常周到。饭后，艾娥达陪福格到英国领事馆去办理护照签证手续，他们离开饭店没走多远就遇到了菲克斯。

三人一起到了蒙哥马利大街。此时，街上人潮涌动，车辆往来如梭。到处是背着宣传广告牌的人，各色旗帜和标语在人群头顶迎风招展……只听四下里都在高喊——"嘿，卡梅尔菲尔德必胜！""嘿，曼迪博。"

原来这是在开群众选举大会。为了不卷入这场混乱，艾娥达、福格和菲克斯走到台阶的最上层。这里通向一个高岗，站在高岗上，可以俯瞰整条蒙哥马利大街。大街的另一端，是一家煤炭公司的码头和一家石油公司的商店，码头和商店中间的空地上有一座大讲台，

我的地理笔记

葡萄牙

欧洲国家，位于伊比利亚半岛的西南部；

东北挨着西班牙，西南则靠着大西洋；

首都里斯本，是欧洲大陆最西端的城市；

地形北高南低，多为山地和丘陵；

矿产资源丰富，其中金属钨的储量位居西欧第一位的；

旅游业也很发达，西部大西洋沿岸有美丽的海滨浴场；

海滨景色迷人。

只见四面八方的人群全都涌向那块空地。

突然,人群中出现了骚乱。汹涌的人海迅速向四面扩散,很快就来到福格他们站的台阶前。艾娥达挽着福格的手臂,吓得惊慌失措。紧接着,骚动更加剧烈,周围响起了震耳欲聋的欢呼声和咒骂声,双方人群开始攻击对方,他们手里的旗杆都变成了武器,刚才举起的手也变成了拳头。双方激烈地殴打,中间还夹杂着枪声。

经过一番搏斗,似乎有一方占了上风,但到底是曼迪博这方赢了,还是卡梅尔菲尔德这方取得了优势,根本分不清。骚动的人群越来越逼近福格等人,菲克斯说:"我看咱们还是走吧。"

突然,从后面的高岗又传来一阵可怕的喊叫声,原来是一群选民赶来支援他们的伙伴的。福格和菲克斯一起保护着艾娥达,却被人群撞得东倒西歪。这时,一个神气十足的大个子走过来,举起拳头就朝福格打去,是菲克斯抢上前替他挨了这一拳。霎时间,他的头上就肿起一个大包。福格鄙夷地盯着那人骂道:"美国佬!"对方则回敬:"英国佬!"这人是其中一群人的头头儿,自称普洛克托上校。菲克斯从地上爬起来,衣服都破了,幸亏没受什么重伤。

一个小时后,他们穿戴整齐。然后,一行人到领事馆办完签证手续,回到了国际饭店。福格马上带着大家赶往火车站,乘坐火车离开了旧金山。

足球是这里最受欢迎的运动了,葡萄牙足球充满了浓郁的拉丁风情。罗纳尔多、佩佩等球星都是葡萄牙人。

第二十三章
火车与野牛的较量

从太平洋出发横贯美国东西的铁路是两条线，这是"太平洋铁路"的两条大动脉：一条是从旧金山到奥格登，另一条是从奥格登到 奥马哈 ，而奥马哈到纽约又有不同的路线连接，车次很多。目前，连接旧金山与纽约的就是一条完整铁路线，至少有3786英里长。过去，即使在最顺利的情况下，跨越这两座城市也得需要6个月的时间，而现在只需要7天就够了。只不过，列车在奥马哈到纽约的路程里，要穿过一片至今还有印第安人和野兽出没的地区。

福格乘坐的车厢是加长的，车厢内部没有分隔的旅客房间，只整齐地排着两行靠背椅，中间是过道。不过列车上设有客厅、露天平台、餐车和咖啡间等，设备齐全。过道上不时有小贩来往卖书报、酒类、雪茄烟和食品，应有尽有。

晚上6点钟，火车满载着乘客从 奥克兰 出发了。这时天已经黑下来，寒冷与黑暗同时笼罩着大地，天空乌云密布，看样子要下雪了。火车开得并不算快，算上出站的时间，平均速度不超过每小时20英里。不过，即使是这样的速度，已经可以保证列车在规定时间内横穿美国大陆了。旅客们都很少说话，万事通就坐在菲

> **我的地理笔记**
>
> 奥马哈
>
> 美国内布拉斯加州的城市，靠近密苏里河岸；
>
> 也是该州最大的工商业城市，铁路与公路的交通枢纽；
>
> 这里是小麦、家畜的集散地，食品加工也很有名；
>
> 著名投资家巴菲特的旗舰公司也设在这里哟。

巴菲特是著名的股神。

美国奥马哈和奥克兰

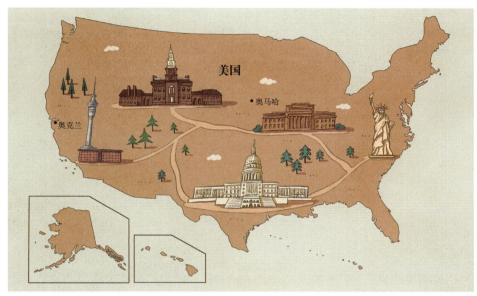

我的地理笔记

奥克兰

美国加利福尼亚州内的第四大城市，位于旧金山海湾地区中心；

市区面积有138平方千米，杂居着黑人、白人、华人和朝鲜人等；

城市依山傍水，风光秀丽，是典型的海洋性气候；

终年享受来自太平洋的西风，冬暖夏凉；

交通发达，拥有世界上先进的高速公路网；

这里也是天然深水港，是美国西海岸与世界海运连接的枢纽。

克斯旁边，但二人关系早已疏远。万事通时刻保持着警惕，只要侦探有任何可疑的行动，他就想立刻掐死他。

火车出站一小时后，天空飘起了雪花。幸运的是，下的是小雪，不至于阻碍火车前进。车窗外一片白茫茫，机车喷出的灰色烟雾在雪里盘旋飞舞。

晚上8点钟，一位列车员走进车厢，通知大家睡觉。原来，这车厢同时也是卧铺车厢。人们把座椅的靠背放平，就成为一个个舒适的卧铺了，同时还有厚重的帷幔把车厢分隔成多个小房间。旅客有了舒适的床位和私人空间。雪白的被单，柔软的枕头，躺下就能直接睡，宛如睡在邮船上舒服的房舱里。

此时，火车正风驰电掣般穿行在加利福尼亚州的大地上，经过的是旧金山和萨克拉门托之间的地区，这一带地势不太险峻。从旧金山到加利福尼亚州首府，铁路线直接向东北延伸。这段路程连接着两座大城市，约有120英里，6小时就能走完。午夜12时，火车

| 80天环游地球 |

我的地理笔记

内华达

美国西部的一个州，即内华达州。

州名来源于西班牙语，意思是"雪山"。

西南方与加利福尼亚州接壤，面积达28.6万多平方千米；

因为靠近太平洋，州内兼有海洋性和大陆性两种气候；

大名鼎鼎的赌城拉斯维加斯就在这个州内；

这里还是高尔夫运动的故乡，有100多个世界级高尔夫球场呢。

高尔夫运动最早来自这里。

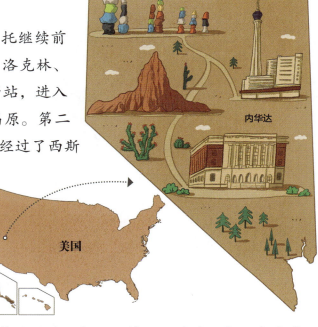

内华达

美国

飞驰着驶过萨克拉门托，旅客们刚进入梦乡。

火车从萨克拉门托继续前进，又经过章克申、洛克林、奥本和科尔法克斯等站，进入了塞拉 **内华达** 高原。第二天上午7点钟，火车经过了西斯克，一个小时后，旅客们透过玻璃窗，可以尽情欣赏山区的美景。

塞拉山地区崎岖险峻，铁路线是顺着山的走势铺设的，忽而贴着山腰前进，忽而在悬崖之上游走，有时为了避免急转弯，弧度大得惊人，有时又进入两山对峙的山谷，给人山重水复疑无路的感觉。

火车头黑里透着光，好像一具黑色的棺木。在汽笛声震耳欲聋和瀑布巨流震天动地的涛声中，火车喷吐出一股股黑烟，在松林上空飞舞缭绕。这一路段既没有山洞，也没有桥梁。从一座山到另一座山，铁路盘旋山腰前进，完全顺势而建，丝毫没有追求捷径和直路。

大约9点钟的时候，火车进入了内华达州，继续朝东北方向行驶。之后，在雷诺车站停了20分钟，旅客们在这个时间吃了午饭。12点整，列车又从雷诺出发，沿着亨博尔特河一直北上，再转向东进。铁路线一直到亨博尔特山脉，都始终没离开这条河的河岸。

福格、艾娥达等一行四人吃过饭后，又重新回到车厢，舒舒服服地坐在双人椅上，欣赏着从窗外掠过的风景。亨博尔特山脉位于

第二十三章 火车与野牛的较量

内华达州的东部边缘，是亨博尔特河的发源地。这一带不仅有广阔的草原，还有群山和流淌的小河。有时还能看到一大群野牛在远处排成大队，就像一座活动的堤防，这样的"大军"经常拦在铁路上，让来往的火车无法通行。

不巧的是，今天就遇到了这样的事情。大约下午3点钟，大概有1.2万头野牛拦在了铁轨上，火车不得不放慢速度，想用车头前面的排障器驱散牛群，但没有奏效，只得在这庞大的队伍前停了下来。

这些野牛体格健壮，比欧洲的公牛还大，腿和尾巴都很短，前肩则高耸成一个肉峰，头颈和双肩长满了长鬃毛，两只牛角向上弯曲。这种牛群是谁也无法阻拦的，当它们朝某个方向前进的时候，任何人都不能叫它们停下或改变方向。

很多人都跑到车厢之间的过道上去观看这种壮观的场面，福格应该是最着急的人，但他此刻依然稳坐在车厢里，保持着哲学家的冷静等待野牛通过。万事通则不同了，他看着这一大群野牛拦住去路，白白浪费着时间，恨不得掏出手枪来狠狠地射击一番。

司机可没打算强行冲过障碍物，否则前面的野牛一定会被机车压碎。等啊等，这支野牛队伍足足过了3个小时，一直到天黑才将铁路让出来。当火车驶过亨博尔特山脉的狭窄山道时，已经是晚上8点钟了。

第二十四章

火车上的摩门教士

12月6日,上午将近9点钟,雪已经停了,太阳的轮廓在雾气里显得特别大,好像一块巨大的金币嵌在天空。万事通正在聚精会神地计算着这个大"金币"能折合多少先令,一个模样奇怪的人出现在了他的视线里。

这人是个大高个子,穿着一身黑衣,却系了条白领带。他从车头走到车尾,每走到一节车厢门口,就用糨糊贴上一张告示。万事通好奇地走过去,只见告示上写着:

尊敬的摩门传教士威廉姆·伊持长老决定将在乘坐的第48次客车上,举行一次有关摩门教教义的宣讲会,敬请有心人士前来听讲"最后的圣教徒"。

时间:11时至12时

地点:第117号车厢

消息很快在旅客中传开了,不过对宣讲会感兴趣的最多也就30人。11点,听众们都在117号车厢的椅子上坐下来。万事通坐在第一排,但福格和菲克斯都待在原车厢没动,他们不想到这里来找麻烦。

威廉姆·伊持长老开始演讲了,他的声音听上去相当激动,好像有人要反驳他似的。他说,他们的殉道者正遭受美国政府的迫害,谁敢支持他们?当然没有一个听众会愿意冒险跟他唱反调,他那沉静的表情和激愤的情绪形成一种强烈对比。不过,他的愤怒也是可以理

第二十四章·火车上的摩门教士

我的地理笔记

奥格登

即奥格登市，美国犹他州北部城市；

1847年由摩门教徒创建，1951年建立城市；

历史上曾是重要的铁路枢纽；

这里也曾是重要的商业和制造业城市；

因有众多的历史遗留建筑而知名；

也是韦伯州立大学所在地。

解的，因为当时摩门教正遭受着严重的摧残。这位长老，即使在乘坐火车时，也不忘积极宣传自己的宗教。

下午2点钟，旅客们在**奥格登**下了火车。火车要到下午6点钟才重新出发，所以福格、艾娥达和两位同伴顺着奥格登车站的一条铁路线向这座城市走去，他们打算游览一下这座美国城市。

一小时后，福格一行人漫步在城里的大街上。这座城市建在茹尔丹河和高低起伏的瓦萨奇山山峦之间。和其他美国城市一样，像个方方正正的大棋盘，街道又直又长。他们喜欢把一切建筑都建成四四方方的。

这座城的四周围着一道城墙。城里的居民并不多，街上也几乎看不到行人。只在摩门教堂所在的城区看到一些人，而且多数是妇女。每个摩门教男人可以娶一个或几个妻子，万事通觉得，一个男人要带好几个女人一起生活，那肯定是叫苦连天。

快到下午4点钟时，一行人已经回到车站。在火车快要出发的时候，一个摩门教徒匆匆赶来，他是跟妻子吵架才逃出来的。万事通问他有几个妻子，他说："一个，一个就够受了！"

第二十五章
风雪中前进的火车

火车离开奥格登车站，继续北上，一小时后到了韦伯河畔。走到现在，已经离开旧金山有 900 英里了。火车从这里向东行驶，准备进入险峻的瓦萨奇群山。

这里不仅有瓦萨奇群山，还有 **落基山脉**，筑路工程师们曾在这一地段遇到过严重问题。美国政府还为这段路的修筑投入了大量资金。工程师们并没有强行改变自然地势，整个路段只钻了一个 14000 英尺①长的山洞。当铁路铺到大咸湖时，已经达到全线最高点了。从这里继续往前，是一段特别长的斜坡，直接下降到一个盆地，然后再上行到美洲大陆的中央地区。

这一带山区、河川也很多，铁路的修建必须从污水河、清水河以及其他河流的小桥上穿过。现在，离目的地越近，万事通越感到烦躁。而菲克斯呢，也恨不得马上驶过这段地区。他害怕耽误时间，更担心路上出什么问题，他甚至比福格还要着急，巴不得早点回到英国呢！

晚上 10 点钟，火车到达了布里吉尔堡，之后几乎没怎么停。又跑了 20 英里，进入 **怀俄明州**，沿着比特尔河盆地继续前进。

第二天是 12 月 7 日，火车在清水河车站停留了一刻钟。前一天夜里风雪交加，现在雪化了一半，倒是不妨碍火车前进。但这样的天气让万事通有些发愁，他实在不明白主人为什么要在冬天旅行。等天气暖和点再出来，不是更有把握吗？正在他为温度下降和天气变化担忧的时候，艾娥达却为另一件事感到忧心不已。

刚在清水河车站时，有不少旅客下车到月台上散步。艾娥达透过玻璃窗，在旅客中看到了一个她不想看到的人，他就是那位在旧

> **我的地理笔记**
>
> 落基山脉
>
> 北美大陆西部的主要山脉，被称为北美洲的"脊骨"；
>
> 主山脉从加拿大不列颠哥伦比亚省，绵延到美国的新墨西哥州；
>
> 南北纵贯 4800 多千米，由许多小山脉组成；
>
> 北美很多大河都发源于这里，它也是大陆的重要分水岭；
>
> 诸多山脉高耸入云，覆盖白雪，有的海拔超过了 4000 米。

注：① 1 英尺 =0.3048 千米

| 第二十五章·风雪中前进的火车 |

我的地理笔记

怀俄明州

位于美国西部落基山区,周围与蒙大拿州、犹他州、爱达荷州等接壤,整个州的地形就像个正方形;

州名来自印第安语,意思是"大草原"或"山与谷相间";

矿产资源很丰富,羊毛和羊肉的产量也是位居美国前列;

这里还有著名的黄石、特顿国家公园,风景秀丽,全球闻名。

这里牛羊成群。

金山侮辱过福格的普洛克托上校。艾娥达不想被他看见,赶紧转过身背向车窗。虽然福格为人冷淡,但却给了她最好的照顾,可以说无微不至。

这时候,艾娥达还不太清楚自己对这位救命恩人到底是什么样的感情,她称之为感激。其实,这是一种比感激更进一步的情感。所以,当她发现那个粗暴的上校时,就非常紧张。她知道福格迟早会找他算账的。

其实，普洛克托上校乘坐这班火车也是偶然。看到他也在这辆车上，艾娥达决定想办法不让福格发现。

上午11点钟，火车到了布里基尔关。这里距离太平洋和大西洋一样远，海拔高达7524英尺。在穿越落基山脉的铁路线上，这里算是地势很高的山岗了。大概再走200英里，列车就能到达辽阔的平原。

在大西洋盆地的山坡上，分布着许多由 **北普拉特河** 分出来的支流小河。落基山脉北部的群山则好像构成了一个半侧面的大帷幕，遮盖住了北方和东方的地平线。群山中，最高的山峰是拉拉米峰。在大山和铁路之间，则是一片河川纵横的大平原。

这时候，雪停了，天气变得更冷，奔驰的机车将巨大的鹰鹫吓得四处乱飞。这一大片平原上没有任何野兽，显得非常荒凉。突然，响起一阵哨声，火车停了下来，万事通将头探出窗外看了看，既没到站，也没看到任何阻止火车前进的东西。

艾娥达和菲克斯很担忧，想下车去看看。福格阻止了他们，只对万事通说："你去看看吧，到底是怎么回事？"万事通立刻下了车。这时，已有40多名旅客下了火车，其中就有那位普洛克托上校。

原来，火车前面是一个禁止通行的红灯。火车司机与列车员正和守路员激烈地争论着。看到他们一时争论不下，旅客们也参与其中，这自然包括普洛克托上校。他在那里扯开嗓门儿大喊大叫，指手画脚，一副神气活现的样子。

万事通也走了过去，只听守路员说："不行，没办法通过！梅迪西弯的大桥开始摇晃，经不住火车的重压。这座桥就要垮了，上面很多铁索都已经断了，无法冒险通过。"他所说的这座大桥是一座悬空吊桥，修建在激流上，离这里还有一英里远。

旅客们感到很丧气，如果不从这里过去，不仅会耽误时间，而

我的地理笔记

北普拉特河

美国普拉特河的主要支流之一，位于科罗拉多州的中北部；

全长1094千米，在内布拉斯加州西部与南普拉特河汇合，形成普拉特河；

河上有多座水坝和水库，用以发电、灌溉和治理洪水。

且可能还得
在冰天雪地里步行
十几英里。于是,叫喊声
和咒骂声乱成一片。尤其是那位暴脾气
的上校,直接破口大骂。万事通也很生气,觉得必须
把情况告诉主人。

　　这时候,火车司机大喊一声,决定把火车速度提到最快,冒险一搏。旅客们都不想再等,纷纷附和。于是,人们又上了火车。汽笛响起,火车还是往前行驶了,速度不断提升,很快就到了每小时 100 英里,只能听见机车发出的隆隆声。列车像闪电一样冲过了桥,但刚一过河,桥就轰隆一声坍塌了。

第二十六章

印第安人袭击火车

当天傍晚，旅途相当顺利，列车过了索德尔斯堡和夏延，来到了埃文斯。这个地方是整条铁路线最高的地方，海拔达8091英尺。火车通过一望无际的大平原后，乘客们可以一直坐到大西洋海岸才下车。在这条主要的铁路线上，有一条铁路支线通向科罗拉多州的主要城市 丹佛 。那里有着丰富的金矿和银矿，居民有5万多人。

目前，从旧金山出发到现在，一共走了3天3夜，共计1382英里。预计再有4天4夜，就能到达纽约。福格正按部就班地完成着他的旅行。晚上11点，火车进入 内布拉斯加州 ，到了普拉特河沿岸的朱尔斯堡。

第二天早上，火车沿着普拉特河的左岸前进。为了打发时间，福格一行人重新玩起了牌。菲克斯一开始赢了一点钱，之后就一直输，但是他的赌兴很高。福格一早上的运气非常好，总是能摸到王牌，他计算了一下，准备来一次大胆的绝牌，准备打出黑桃。这时，却听到后边有人说："要是我的话，就打红方块……"

我的地理笔记

丹佛

美国科罗拉多州的首府，也是该州最大的城市；

位于一片紧挨着落基山脉的平原上；也是丹佛-奥罗拉大都会区的核心；

这里的农业占重要地位，所以也有"草原上的女王城"之称；

美国西部的交通枢纽，多条铁路干线和高速公路在这里交汇；

此外，这里还以盛产康乃馨闻名于世。

| 第二十六章·印第安人袭击火车 |

我的地理笔记

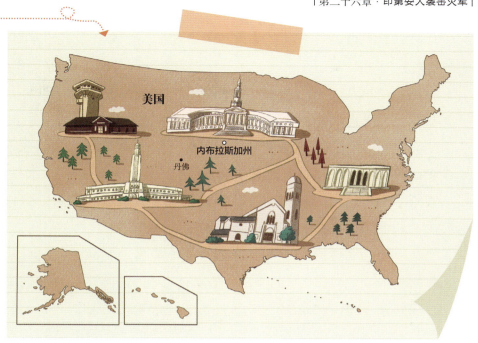

内布拉斯加州

美国中西部的一个州，处于高平原中心；

与堪萨斯州、怀俄明州、科罗拉多州等州接壤；

是高平原区内最平坦的一个州；

这里的牛市场很有名，别称"牛肉之州"；

植树节最早是从这里发起的。

植树节诞生于这里。

福格、艾娥达和菲克斯三人抬头一看，站在旁边的不是别人，正是那位普洛克托上校。

普洛克托和福格两个人一见面，立刻就认出了对方。

"哦！原来是你啊，英国先生，"上校喊道，"是你要打黑桃！"

福格不满他的插话，出了一张黑桃十，冷冷说道："是我打牌，还是你打牌？"

"我就愿意打红方块。"普洛克托上校很生气，同时伸手去拿福格出的黑桃十，还说，"你根本不懂怎么打牌。"

"可能我对另一件事更精通。"福格说着，站起身来。

普洛克托上校更蛮横了，喊道："那就来打打看啊，你个小约翰牛！"

一旁艾娥达的脸吓得苍白，感觉全身的血液都要沸腾起来。她紧张地拉住福格的手臂，福格轻轻推开她，万事通随时准备向普洛克托上校扑过去，普洛克托则用鄙视的眼光看着福格。

这时，菲克斯站起来说："你忘了，先生，你该来找我的。你不仅曾骂了我，还打了我！"

福格知道他想为自己解围，但他说："菲克斯先生，请原谅。这件事只跟我一个人有关，他再次来挑衅，我必须跟他算算这笔账。"

艾娥达想拉住福格，菲克斯也想帮忙，但都白费力气。万事通本想把普洛克托从窗口丢出去，主人扬手制止了他。

最后，福格走出车厢，普洛克托和他来到车厢间的过道上。这位上校咄咄逼人，要求在下车前，也就是一个小时内和福格来一场决斗。

福格一口答应了这场决斗，回到车厢后安慰了艾娥达，然后继续若无其事地打他的纸牌。

11点钟，火车的汽笛响起，很快到了普鲁木河车站。福格站起来，走向车厢连接处。万事通背着两支手枪，陪着福格走了出去，后面跟着菲克斯。艾娥达苍白着脸，独自留在车厢里。同时，普洛克托上校也带着武器来到了车厢连接处，就在两人准备来一场生死决斗时，突然传来一阵凶猛的喊叫，还夹杂着噼噼啪啪的枪声。顷刻间，惊慌的喊叫声迭起。普洛克托和福格都拿出手枪，急忙向前面发出枪声和喊声的车厢走去。从人们的呐喊声中，他们已经知道，是一帮印第安人在袭击火车。

这些印第安人已经不是第一次袭击火车了。他们上了火车后，直接跑向车头，先用大棒把司机和机械师打晕。一些印第安人上了车厢顶部，之后动作熟练地从车窗跳进行李车厢，抢夺旅客们的行李，然后把它们直接从窗户扔出去……枪声和叫喊声不绝于耳。

为了保护自己的财物，旅客们拼命地抵抗，有些被围攻的车厢已经筑起了防御工事。艾娥达从一开始就表现得很勇敢，当印第安人向她冲过来时，她毫不畏惧地举起手枪射击。结果，她一共打中了20多个印第安人，即使没有直接毙命，也被打个半死，从车上滚了下去。而那些中了枪弹或挨了大棒的旅客，则躺在了椅子上。

第二十六章·印第安人袭击火车

附近两英里内有个美国军营，如果不赶紧让列车停下，叫军营里的士兵来帮忙，那么这伙印第安人将在车上为所欲为。受伤的列车员大喊："如果五分钟内不停车，我们全完了。"

"这事交给我了。"万事通对福格说。之后，没等福格阻止，他就打开一个车窗，悄悄溜到车厢下面。战斗还在激烈地进行，子弹从头上呼啸而过，万事通运用马戏团演员那套灵巧的技能，隐藏在车厢下面前进。他抓着连结列车的铁链，沿着外面车架的边沿，从一节车厢爬到另一节车厢，一直爬到最前面的一节，也没被人发现。

之后，万事通一只手拉着火车，用另一只手去松开挂钩链条。但是，机车的牵引力很大，仅靠他自己，挂钩中间的铁栓根本拔不开。巧的是，这时候机车一阵摇晃，居然将铁栓震了出来。

列车脱离了车头，慢慢地落后，而车头则飞驰而去。有旅客拼命扳动刹车手柄，终于让列车在距离克尔尼堡车站不到100步的地方停了下来。

第二十七章
闯过鬼门关的人们

附近兵营里的士兵们听到枪声,立刻赶了过来。而那帮印第安人没等他们来,就四散逃跑了。

但是,当大家检查人数时,发现少了3个人,其中包括仗义拯救车上旅客性命的万事通。

很多旅客都负伤了,只不过没危及生命。艾娥达平安无事,福格虽全力作战,但没受一点儿伤,菲克斯也只是擦伤了肩膀。在盖满白雪的平原上,一道鲜红的血印伸延到看不见的远方。

福格站在雪地里一动不动,他正在考虑一件非常重要的事。艾娥达为万事通的失踪而流泪,此刻一声不响地站在他身边,望着他,福格当然明白她的意思。如果万事通被印第安人抓走了,难道不应该牺牲一切去把他救出来吗?

他找到士兵连长,请他派人去营救失踪的三位旅客。但连长不想让士兵们去冒险,福格见状说:"那好吧,我自己去。"

"你自己去?你一个人去追那些印第安人?"菲克斯叫了起来。

"这里所有活着的人,都是我那个不幸的小伙子救下来的,难道让我看着他死在印第安人手里吗?我一定要去。"福格坚定地说。

连长被福格感动了,给他派了30个人。菲克斯也盯着福格,他一直对他有偏见,但此刻终于低下了头。他也要求跟着去,福格却请他陪着艾娥达。

福格将自己随身的旅行袋交给了艾娥达,挥手跟她告别。临行前,他对所有士兵说:"朋友们,如果能把人救出来,我承诺给你们1000镑奖金作为答谢。"

这时已经是12点多了。天气很恶劣,几乎能把人冻死。艾娥达不顾风雪，不时地走出车厢，到站上张望。她走到月台尽头，想透过飞舞的大雪看见点什么。可是，什么都没有。直到下午2点左右，那个开出去的列车头终于回来了，驾驶员重新将列车挂在车头上，准备出发。艾娥达请求他等一等福格等人，但驾驶员没有答应。最后，列车开走了，艾娥达和菲克斯只能留在了车站上。

　　黑夜降临，雪又下起来，空气似乎更冷了。周围是死一般寂静，大地悄无声息。

　　整整一夜，艾娥达难以入睡，想象着遥远的地方充满了无尽的艰险，内心遭受着无法言说的痛苦。

　　清晨，太阳从浓雾中升起，人们已能看到两英里内的景物。连长有些担心，不知道该怎么办。他犹豫了一会儿，又命令一个排长，让他再带人去侦察一下南边。突然，一阵枪声响起。战士们冲出堡垒，看到半英里外的地方有一小队人。走在最前面的是福格，旁边是从印第安人手里救出来的万事通和另两名旅客。

　　人们欢呼起来。福格按照承诺，将事前许下的奖金分给士兵们，万事通不断重复着："主人在我身上花的钱真不少！"菲克斯一句话都没说，只是目不转睛地看着福格。艾娥达则双手紧握着福格的右手，激动得说不出话来。

第二十八章

坐雪橇沿路飞驰

万事通一回车站就到处找那辆火车,这才知道,火车已经开走了。而下一趟火车,要等到晚上才能开来。

这一路上,福格一共耽误20个小时了。想到这些都是自己无意中造成的,万事通对自己感到非常失望。

这时,菲克斯走过来,问福格:"说实在的,先生,您是急着要走吗?"

"真的很急!"福格回答。

"我想知道,"菲克斯说,"您要在11日晚上9点之前到达纽约,有必要吗?"

"非常必要。"

"如果没有发生这次印第安人袭击火车事件,您在11日一早就能到纽约了。"

"是啊,那样我便在纽约开往利物浦的船开出之前12个小时,就已经上船了。"

"现在您耽误了20个小时,20减去12您耽误了8个小时。您想不想把这8小时补上?"

"徒步走吗?"福格问。

"不,坐雪橇,"菲克斯回答,"坐带帆的雪橇。昨晚曾有个人要我雇他的雪橇。"

福格没有回答。菲克斯指着一个正在车站前溜达的人说:"他就是驾雪橇的美国人。"福格向那个人走了过去。很快,他就跟着这个叫麦基的美国人一起走进了不远处的一间小茅屋。

屋子里有一辆雪橇:两根长木头上钉着一个木框,头部微微上翘,上面可以坐五六个人。前面三

| 第二十八章 · 坐雪橇沿路飞驰 |

分之一处竖着一根很高的桅杆，上面挂着一张大方帆。桅杆下面捆绑着几条很结实的铁索，上面还有一根铁柱子，支撑着巨大的布帆。后面则是一个单橹木舵，用来控制方向。

这是一条单桅船式雪橇，冬天，在遍地冰雪的平原上，当火车被大雪阻碍不能行驶的时候，使用这种交通工具，就能很快地从这一站滑到另一站。大风推动雪橇在雪地上疾驰，像高速列车一样，甚至比高速列车还要快。

没用多少时间，福格就跟船主谈好了价钱。现在，正刮着西风，地上的雪已经结冰，只要几个小时，麦基就能把福格一行人送到奥马哈车站。那里的火车线路很多，四通八达，可以直接到 **芝加哥** 和纽约，完全有可能补上耽误的时间。

福格不愿意让艾娥达在露天旷野里做艰苦的旅行，便说："天这么冷，再加上雪橇跑得很快，你多半受不了。可以让万事通陪着

我的地理笔记

▶ 芝加哥

美国第三大城市，位于伊利诺伊州的东北部，密歇根湖的南部；

简称芝城，世界著名的国际金融中心之一；

交通运输业也非常发达，海运、空运与陆运都堪称美国第一；

这里一年四季分明，天气变化无常，冬季多风，被称为"风城"；

建筑业也很发达，被誉为"摩天大楼的故乡"。

麦当劳是全球最著名的快餐之一。

此外，这里还是糖果之都呢，麦当劳也是在这里创立的。

这里的高楼真多呀！

你在克尔尼堡等火车，平平安安地把你护送到欧洲。"

但艾娥达不愿和福格分开。听到艾娥达的回答，万事通很高兴，因为他也不愿离开自己的主人，特别是这里还有条尾巴——菲克斯。

上午8点钟，雪橇准备出发了。几个人一起坐上雪橇，紧紧地裹住旅行毯以抵御风雪。两只大帆很快升起来，借着风力，雪橇以每小时40英里的速度在雪地上飞驰。也就是说，如果途中不发生任何意外，福格等人下午1点钟就能到达奥马哈了。他们紧紧挤在一起，冷得都无法张口。

雪橇如一条水面上的小船，轻盈地在雪地上滑行，而且看起来似乎比小船更稳当些。凛冽的寒风吹过，雪橇被两只巨大的白帆载着，贴着地面滑行。掌舵人麦基紧握着舵把，保持雪橇直线前进。只要雪橇向一边倾斜，他便转动一下尾舵，让它恢复到正常路线。

雪橇穿过一片辽阔无边的平原，这片平原犹如广阔的结冰的池塘。这里的铁路由西南向西北延伸，经过哥伦布斯，再经过休列尔、弗列蒙，最后到达奥马哈。它一直沿着 **普拉特河** 的右岸前进。雪橇从弧线内直行穿过，大大缩短了铁路形成的弧形路线。此时的风力并没有减弱，雪橇上的桅杆都被

> **我的地理笔记**
>
> **普拉特河**
> 美国内布拉斯加州的主要河流；
> 主要用于农业灌溉和城市供水；
> 由南普拉特河和北普拉特河两条支流构成。

风刮弯了。桅杆上的钢索好像乐器上的弦,被一张无形的弓拉着,发出嗖嗖的振荡响声。

艾娥达将自己紧紧包裹在皮衣和旅行毯子里,尽可能不被寒风吹到。万事通的脸冻得又圆又红,就像傍晚薄雾里的太阳。虽然正喝着西北风,但他又恢复了信心。本来应该早上到达纽约,现在只能推迟到晚上,即使是晚上,也能赶上开往利物浦的邮船。他想对菲克斯表示感谢,但最终没有这么做。

当大家在想着自己的心事时,雪橇便在一望无际的雪地里飞驰着。中午12点,麦基判断他们正穿过结冰的普拉特河。他确信,只要再走12英里就能到达奥马哈车站了。在快到终点的时候,麦基便放下舵把,收起白帆。雪橇依然在疾速前进,走了半英里路,最后停了下来。

奥马哈终于到了,福格大方地给麦基付了费,众人与麦基告别。奥马哈是内布拉斯加州的重要城市,太平洋铁路的终点也在这里。

第二十九章
"亨利埃塔"号的船长

福格等人在奥马哈车站乘火车赶到芝加哥,又从芝加哥赶到纽约。但到纽约的时候,开往利物浦的"中国"号邮轮已经离开45分钟了,福格的最后一丝希望也被带走了。其实,直接往来于欧美两洲的轮船很多,但不管是法国横渡大西洋公司的客船、伊曼公司的轮船,还是汉堡线轮船以及其他客货轮船,都没办法帮助福格按时完成他的旅行计划。

比如,法国的"珀勒尔"号,这艘船很不错,不仅速度快,船上设备还异常舒适,但是这条船的出发时间是12月14日。此外,汉堡线的船只开往哈佛,不能直达利物浦或伦敦。

至于伊曼公司的船,根本不必考虑。虽然这里有艘"巴黎"号,但第二天才出发。并且,这家公司的船只主要运送移民。船的马力很小,一半靠机器一半靠船帆,速度太慢。从纽约到英国,如果乘坐这种船,那花费的时间要比福格剩余的时间长很多。

福格手上有一本《布拉德修旅行手册》,上面印有每日往来大西洋船只的时间,所以他对上面这些情况都了如指掌。

没赶上开往利物浦的轮船,万事通非常着急。他觉得,这都是他的错。作为仆人,本来应该为主人提供帮助,但他一路上却闯了很多祸。想到这一路遇到的意外事件、个人的花费,再加上数目惊人的旅费,福格会因此破产……万事通真想大骂自己一通。

但福格没有责备他,离开大西洋公司码头的时候,他只说了一句:"我们等明天再说!"

之后,福格、艾娥达、菲克斯和万事通一行四人在泽西乘坐轮渡过了 哈德逊河 ,之后再乘一辆马车来到百老汇大街的圣尼古

> **我的地理笔记**
>
> **哈德逊河**
>
> 又称哈德孙河,美国纽约州的一条河;
>
> 自北向南流经纽约州的东部,全长507千米;
>
> 西面连接伊利运河,末端又汇入纽约港,成为纽约州的经济命脉;
>
> 沿岸城市有萨拉托加、奥尔巴尼、金斯顿、纽约市等;
>
> 著名的自由女神像就矗立在纽约市哈德逊河口。

拉旅馆。他们在旅馆休息了一夜。这一夜,福格睡得很好,艾娥达和另外两位旅伴却心事重重,辗转反侧不能安眠。

第二天是12月12日,从这一天上午7点到21日晚上8点45分,只剩下9天零13个小时45分的时间了。福格让万事通通知艾娥达准备随时动身,然后一个人离开了旅馆。

他来到哈德逊河岸,在那些停靠在码头或河中心的船只中,仔细搜寻着即将离港的轮船。这里每天都有几十条至上百条船开往世界各地,但大部分都是帆船,不符合福格的需求。就在他感觉要失败的时候,发现不远处有一艘带有螺旋推进器的商船。这条船的样子很简单,烟筒冒着大团的黑烟,正要出海。

福格叫来一条舢板,船夫划动双桨,很快就来到那艘叫"亨利埃塔"号的大船旁。这是一条铁壳船,主体结构都是木头的。福格爬上甲板,叫人去找船长,船长很快走了过来。

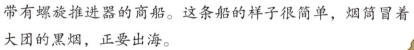

103

这位船长看起来有50多岁，一看就是个航海经验丰富的老水手，看样子不太好说话。他身材魁梧，面如青铜，棕红色的头发，瞪着两只大眼睛，一看就和一般人不太一样。

"船长吗？"福格问。

"我就是。"对方回答。

"我叫费雷亚斯·福格，伦敦人。"福格自报姓名。

"我叫安德罗·斯皮蒂，出生在英国 加的夫 。"对方也回道。

"您的船马上就要开吗？"

"一个小时之后就走。"

"您的船要到什么地方？"

" 波尔多 。"

"您船上装的什么？有旅客吗？"

"船上没有货，放空船回去。我从来都不带旅客，因为太麻烦。"这位船长不客气地回道。

"您的船速度怎么样？"

"每小时跑11到12海里，这里的人都知道。"船长自豪地回答。

福格继续问对方是否可以送他们去利物浦。船长很干脆地回答"不去"。福格想租下或者买下这条船，对方也硬邦邦地回绝了。

情况似乎很不妙，但福格连眉头也没皱一下。在纽约可不像在中国香港，

我的地理笔记

加的夫

英国的港口城市，威尔士的首府所在地；

位于英国西南部，布里斯托尔湾北岸；

英国重要的工业中心和服务业中心；

拥有丰富的煤矿资源，曾是世界上最大的煤炭输出港；

加的夫城堡拥有2000年历史，是当地著名景点；

这座城堡太神秘了！

这里的千年球场，是世界上最大的拥有开合式屋顶的运动场。

英镑似乎也不灵了。

但是，目前即使乘坐热气球也没把握能飞过大海，只能想办法坐船过去。

福格似乎已经胸有成竹。他对船长说："好！请您带我们去波尔多，好不好？"

"不带！即使给我200美元，我也不带！"

但福格说他们四个人，每个人给他2000美元。在8000美元的诱惑下，这位一向厌恶带旅客的船长终于点头答应了。

福格离开码头，乘车回到圣尼古拉旅馆，马上叫上艾娥达和万事通。当然，他也没有忘了那位寸步不离的侦探先生。所有这些安排，福格都保持着以往的那种冷静做完这一切。

"亨利埃塔"号按时出海，他们已经坐在船上了。当万事通得知最后这一段航程花了这么多旅费时，发出长长的一声"哦——"，这一声拖了很长很长，由高而低直到完全变成哑音。

而菲克斯想的却是，反正英国国家银行肯定不会不损失一分钱地了结这件案子。其实，到了英国，福格所花的钱跟总数相比只不过是九牛一毛，他袋子里的钱只是少了7000多英镑而已。

> **我的地理笔记**
>
> 波尔多
>
> 法国西南部城市，新阿基坦大区的首府。
>
> 法国连接西非和美洲大陆最近的港口；
>
> 欧洲的军事、航空研究与制造中心；
>
> 也是世界上著名的美酒之乡，以葡萄酒最为有名；
>
> 这里的葡萄酒太有名啦！

这里的鹅肝也闻名全球，生产和加工都居世界第一。

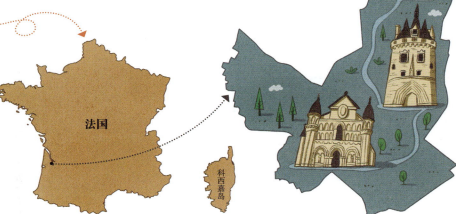

第三十章
疯狂的破坏与救赎

12月13日中午,福格站在船上的驾驶台上测定方位,而原本应该站在这里的船长被他关进了船长室。

事情是这样的,福格想要去利物浦,但船长说什么都不肯同意。于是福格就同意去了波尔多,但在上船后的30个小时当中,他很好地发挥了英镑的作用,最后船员们都站在了他这一边。所以,这就是"亨利埃塔"号为什么能开往利物浦的原因。

12月16日,是福格离开伦敦的第75天。总的说来,"亨利埃塔"号没有耽误什么时间。到现在,差不多已经走完航程的一半。但很快,麻烦就出现了。这艘船上的煤不足以支撑从纽约开到利物浦。福格让人把船长放了出来,他像个炸弹似的暴跳如雷,大骂福格是海盗。当福格说要买他的船并烧掉它时,他更是气得说不出话来。不过,福格给了他6万美金,他的火气马上就消了。说实话,他的船已经用了20年了,这样的买卖简直太值了。于是当天,福格就让人把船上的家具门窗都劈了当木柴烧。

12月19日,万事通烧完了桅杆、桅架和所有能用的木料,又放倒帆架,用斧头劈了。他拿着大刀和斧子不停地劈砍,一个人干了十个人的活儿,简直就是一场疯狂的破坏。

12月20日,舷木、挡板和多数甲板都被统统烧光,"亨利埃塔"号成了光秃秃的光壳船。他们已经看到了远处的爱尔兰海岸和法斯奈特的灯塔。但是,直到晚上10点,"亨利

我的地理笔记

都柏林

爱尔兰的首都，位于靠近爱尔兰岛中心点的位置；

是爱尔兰最大的城市，也是政治、经济、文化等中心；

著名的港口城市，每年离港的船只达上万艘；

气候受温暖海洋影响，冬暖夏凉；

这里拥有很多大学、科学院和美术馆等，是有名的文化之都；

此外，这里还有很多科技公司，有"欧洲硅谷"的称号。

"埃塔"号才到达昆斯敦。如今，距离福格预定到达伦敦的时间，只有24小时了。

昆斯敦是爱尔兰海岸的一个港口，从美国到欧洲的越洋邮轮，经过此地就要卸下邮件；之后，这些邮件就会搭快车运往 **都柏林**，再从都柏林装快船运到利物浦……如此，比海运公司最快的船只还要早12小时到达利物浦。福格也想这样做。这样，他就能在明晚8点45分以前到达伦敦了。

凌晨1点钟，"亨利埃塔"号开进了昆斯敦的港口。船长热情地跟福格握手告别，福格一行人下了船，只留下船长一个人站在那条光秃秃的铁船壳上。实际上，这条秃船依旧值3万美元。

福格四人立即离船登陆。菲克斯很想逮捕福格，可是他没有动手！难道他现在跟福格站在一边了吗？还是他知道自己弄错了？都不是。不管发生什么事，菲克斯都不会放弃逮捕福格。

菲克斯跟着福格一行人在凌晨1点30分上了昆斯敦的火车，天刚亮就到了都柏林，之后又搭上了轮渡汽船。

12月21日11点40分，福格终于到达了利物浦码头。6个小时后，他就能到达伦敦。

这时菲克斯走过来，抓住福格的肩膀，拿出了逮捕令："您是费雷亚斯·福格先生吗？"

"是的，先生！"

"我以女王陛下的名义通知您：您被捕了！"

第三十一章

福格又被关押起来

福格被关押起来了！这次被关在利物浦海关大楼的一间屋子里。警察说，他需要在那儿过一夜，第二天会被押往伦敦。

在福格被抓捕的瞬间，万事通恨不得跟菲克斯拼命。但几个警察把他拉开了。这突如其来的一幕把艾娥达吓蒙了，她不明白究竟发生了什么事。万事通简单地告诉她事情的原委。在艾娥达心里，福格是一位善良、正直、勇敢的绅士。看到自己的救命恩人被当作小偷抓起来，她坚决地表示抗议："这简直就是污蔑！"

她非常气愤，可是又毫无办法，眼泪不住地从她脸上流下来。而菲克斯逮捕福格，完全是职责所在。福格到底有没有罪，将由法院来判决。

万事通觉得，这一切的不幸都是菲克斯引起的。他很懊恼自己一直对福格隐瞒菲克斯的身份，如果主人提前知道了，一定会用证据证明自己的清白，证明菲克斯误会了自己。一想到自己的错误和疏忽，万事通就万分后悔，痛苦得要死。他和艾娥达依然留在海关大楼外的走廊里，希望能再见福格一面。

这时，海关办事处的房间里，福格正一动不动地坐在长凳上。他似乎一点也不着急，至少表面看来，这个意外并没有让他惊慌失措。

他就在那儿安静地等待着，他在等什么呢？还没死心吗？他被关在监禁室的时候，难道他还认为能顺利完成旅行计划吗？此时，福格把自己的手表放到一张桌子上，默默地看着表针走动。他目光专注，一动也不动，一句话也不说。

总之，这样的情况很可怕。如果福格真是个正人君子，那这件事就将他彻底毁了。如果他真是个小偷，已经被逮捕，他是不是打算逃跑？他曾在屋子里来回走了一个时辰，只不过门锁得很紧，窗子上也装着铁栏杆，逃出去是不可能的，他只能再次坐下来。

福格从皮夹里取出了旅行计划表，上面最后一行写着："12月21日，星期六，到达利物浦。"在"星期六"底下，他又写了几个字："上午11点40分，第80天。"

2点30分，门突然被打开了，菲克斯跌跌撞撞地跑进来，随之而来的还有万事通和艾娥达。菲克斯结结巴巴地说："请您原谅，因为有个小偷跟您长得太像了，三天前他已经被捕了，您现在没事了。"

福格自由了，他盯着侦探的脸，用最快的速度狠狠地给了他两拳。之后，他带着艾娥达和万事通乘坐火车，飞快地赶往伦敦。最终，他完成了环游旅行，但比预定的时间还是晚了5分钟。

他输了！

第三十二章
无限自责的万事通

第二天，福格已经回家了，但塞维尔街的居民们可能还不知道，因为他家的门和窗户都照样关着，从外面看不出任何变化。其实，福格离开车站后，就让万事通去买吃的，自己则带着艾娥达直接回了家。

虽然遭受了这样的打击，但福格仍然和往常一样不动声色。福格要垮了，都是那笨蛋侦探菲克斯的过错！在这次漫长的旅途中，他扫除无数障碍，经历了无数艰险，还一路抽出时间做了很多好事，然而就在大功告成的时候功亏一篑，一场始料不及的祸事令他一败涂地，这样的结局真是太惨了！

当初离开伦敦时，福格带了很多钱，如今只剩下了一点儿。按照旅途中的花费来说，即使赌赢，他也赚不到多少钱。显然，福格打赌不是为赢钱，而是为了信誉。但这一回要是输了，他就会彻底破产。

艾娥达住在福格为她专门准备的一间房子里。她感到很难过，从福格的一些言辞中，她猜测他正在考虑一个伤心的计划。像他这样一个性格孤僻的人，有时候会钻牛角尖的。万事通表面上装得若无其事，暗地里却时刻注意着他的主人。不过，万事通还是先到他的房里，关上了那个开了80天的煤气开关，之后在信箱里拿到一份煤气公司的缴费通知单。这是他该付的账单。

这一晚很快过去了。福格跟往常一样上床睡觉，不过是否睡着了，别人无法知道。艾娥达一刻也没合眼，而万事通则一直忠实地守在主人房门口，以免发生什么意外。

第二天早晨，福格照常起床，他把万事通叫来，吩咐他去给艾娥达预备午饭，自己只要了一杯茶和一片烤面包。他一天都没下楼，全部时间都用来处理事务。万事通听从主人的吩咐，安排一天的工作。他看着自己这位主人还是面无表情，他真不想离开他的房间。这次发生的事无法挽回，万事通的心情也很沉重。他深感不安，也无法原谅自己。如果他能早点把菲克斯的身份和阴谋告诉福格，福格

决不会把侦探带到利物浦，也可能不会发生后面的事情了。

万事通难过得要命。"主人！"他叫着说，"您骂我吧！都是我的错……"

"我谁也不怨，"福格镇静地说，"你去忙自己的吧。"

万事通没有办法，他向艾娥达传达了福格的话，并说："夫人，我是不知道该怎么办了。我无法左右他的情绪，也许您能……"

艾娥达也同样不知道如何是好，她自己觉得福格先生也不会受她的影响，她甚至不知道福格是否知道她对他的感激之情。她只请求万事通回到福格身边，一刻也别离开他。

这一天，塞维尔街的这所房子好像里面根本就没住人一样。当国会大厦钟楼上的大钟指针指向11点半的时候，福格并没有去俱乐部。这是福格自住进这幢房子以来，破天荒第一次。

他没必要出门，只待在自己的房间里处理事情。万事通则楼上楼下不停忙碌着，他感觉时间过得很慢，每隔一会儿他就去主人房门口听听动静，提醒自己不能疏忽大意。这个忠实的小伙子很痛苦，只能和心事重重的艾娥达面面相觑。晚上将近7点半钟的时候，福格让万事通来问艾娥达一会儿能否到她房间来谈谈。艾娥达当然同意了，很快房间里就只剩下他们两个。

福格找到一把椅子坐在了壁炉旁，艾娥达坐在他的对面。两个人静默了五分钟，最后福格抬起头来说："夫人，您能原谅我把您带到英国来吗？"

"我，福格先生！……"艾娥达的心怦怦直跳，但她努力压制着。

没等她说下去，福格打断了她，说道："请您先听我说，当初决定把您从那个危险的地方带出来时，我还是个有钱人。我本来打算把我的一部分财产分给您，让您今后能生活得自在、幸福。可是现在，我已经破产了。"

艾娥达觉得可能是自己一路上拖累了福格，当她得知福格没什么朋友，没人帮他分担目前的窘境时，她站起来，把手伸给福格，鼓足勇气说："您愿不愿让我做您的朋友，也做您的亲人？我是说，您是否愿意让我做您的妻子？"

听了这句话，福格也站了起来，嘴唇颤动，眼睛闪耀着异样的光彩。艾娥达满怀深情地望着他,眼睛里流露出诚恳、直率、坚定和温柔的光芒。

为了这位救命恩人,她愿意赴汤蹈火,什么都敢做。她的目光充满了柔情。福格一开始感到很突然,但很快他的整颗心都被这温柔的目光浸透了。他闭了一会儿眼睛,仿佛要避开那美丽动人的目光……

等他重新睁开眼睛的时候,他说:"我爱您!我愿在最神圣的真主面前发誓:我爱您,我完全属于您!"

"哦!……"艾娥达把手放在胸口激动地叫道。

一阵铃声从屋子里传出来,万事通立刻走进去。福格依然握着艾娥达的手。看到这一幕,万事通心里什么都明白了,那张高兴的脸涨得通红,像太阳一样又大又圆又红。

第三十三章

大卖的"福格股票"

12月17日,警察在 爱丁堡 抓获了一个名叫杰姆·斯特朗的人,原来他才是真正盗窃英国国家银行5.5万英镑的窃贼。这件事情发生后,在英国社会上引起了巨大的波动。

三天前,福格还是一个被警察追捕的盗窃嫌疑犯。现在,他又被确定是一位正人君子,而且刚刚完成了一次不可思议的环球旅行。

关于窃贼被捕的事,报纸上讨论得沸沸扬扬。过去那些以福格旅行这件事打赌的人,本来早把这件事丢到脑后了,如今又发疯着魔般地重提此事。之前所有的赌契重新生效,所有的活动又开始了,而且这次比上一次更疯狂。福格的名字重新在市场上产生了价值。

此时,改良俱乐部里那五位同福格打赌的赌友,在这三天里过得异常苦闷。已经被他们忘记的福格,如今又出现在了他们的脑子里!到12月17日杰姆·斯特朗被捕的那天为止,福格已经离开伦敦76天了,不知道他具体到哪里了?虽然人们四处打听,但得不到他的任何消息!

> **我的地理笔记**
>
> 爱丁堡
>
> 英国著名的文化古城,也是苏格兰首府;
>
> 位于苏格兰东海岸入海口,面积260平方千米;
>
> 历史悠久,保留了爱丁堡城堡、荷里路德宫等名胜古迹;
>
> 2004年,爱丁堡成为世界上第一座文学之城;
>
> 文学家司各特、史蒂文森、生物学家达尔文等都曾出生或生活在这里;

达尔文提出了进化论。

此外，每年一度的国际艺术节也吸引着各地一流艺术团体到这里来演出。

人们不得不猜测：他服输了吗？他是放弃了这次打赌，还是正按照规定的路线继续完成旅行呢？他会不会在12月21日星期六晚上8点45分，准时出现在改良俱乐部大厅的门口呢？

为了打听福格的下落，这些人可是花了大力气，他们给美洲和亚洲发了许多电报询问福格的消息。从早到晚，都有人在塞维尔街观察着福格家的动静，但是什么也没有发现。警察局也不知道菲克斯去哪儿了。虽然大家都没有福格的消息，但这并不妨碍人们重新拿旅行这件事来打赌，而打赌的人也越来越多。福格就像一匹跑马场上的快马，马上要到终点了。而"福格股票"的赔付率已经不再是1比100了，而是1比20，1比10，1比5了。甚至有位老伯爵花1比1的高价买进这种股票。

21日星期六晚上，宝马尔大街和附近的几条大街都被人群围得水泄不通，交通也被阻断了。到处都在争论，叫喊着"福格股票"的牌价，那盛况跟买卖其他英国股票没什么两样。连警察都无法维持秩序，越接近福格预定回到俱乐部的时间，人们的情绪越兴奋、高昂。

当然，在这天晚上，福格那五位赌友也聚集在改良俱乐部的大厅里，他们从早晨9点钟一直等到现在。这其中包括两位银行家约翰·叙利旺和萨米埃尔·法郎丹，工程师安德鲁·斯图尔特，英国国家银行董事戈捷·拉尔夫，啤酒批发商托马斯·弗拉纳甘，他们一个个全都焦虑地坐在那儿等待着。

8点25分，大厅的钟表指向这个时间，工程师安德鲁·斯图尔特站起身来，说："先生们，再过20分钟，福格先生和我们约定的期限就到了。"

银行家萨米埃尔·法郎丹则说："福格先生一直很古怪，不管做什么都力求准确。不论到哪里都不会太早，也不会太晚。今天，即使他最后一分钟走进大厅，我也觉得很平常。"

"可是，我……"一向敏感的安德鲁·斯图尔特说，"我不信，我倒要看个究竟。"

啤酒商托马斯·弗拉纳甘则说："说实在的，福格先生太不自量力了。不管他多么精明，都不可避免旅途中出现意外。只要耽误两三天，这次旅行就完了。"

"此外，我还要提醒你们，"另一位银行家约翰·叙利旺也开口说，"在福格先生的旅行途中，到处都有电报局，可我们没得到他的任何消息。"

"他输了，百分之百输了，"安德鲁·斯图尔特接着说，"大家都知道，福格要想从纽约按时赶到利物浦，必须搭乘'中国号'邮船。可是，这条船昨天就到了。而且公布的旅客名单上没有福格的名字。就算他运气好，我想这时候他也就刚到美洲！我估计，他最少要比预定的时间迟到20天。"

"那还用说，"戈捷·拉尔夫也说，"我们就等着明天拿着他的支票去银行取钱吧！"

大家七嘴八舌，几乎认定这场赌局他们赢定了。8点40分，安德鲁·斯图尔特报了时间："还有5分钟。"

这五位先生你看看我，我看看你，心脏都激动得怦怦直跳。他们没有喜形于色，而是在一张牌桌上坐下来。俱乐部的大厅静悄悄的，一点儿声音也没有，而外面却人声鼎沸，还不时地传来刺耳的喊声。时钟仍像往常一样，不快不慢地响着，但每一秒的嘀嗒声都似乎震动着在场各位的耳膜。

"8点44分了！"约翰·叙利旺喊道，他的声音带着一种难以抑制的激动。再过一分钟，他们就赢了。

这时，其他几位伙伴也都放下纸牌，一秒一秒地数着钟声！

第40秒平安无事地过去了，第50秒也安然无恙！到了第55秒的时候，忽然外面雷鸣般的掌声、欢呼声、咒骂声混杂在一起，乱哄哄的。声音越来越大，五位绅士都站了起来。

当钟表的指针指向第57秒的时候，大厅的门被打开了，狂热的群众簇拥着福格冲了进来。只听福格沉静的声音响起："先生们，我回来了！"

第三十四章
出人意料的结局

福格回到伦敦25小时以后,他让万事通请威尔逊神父第二天来帮忙主持婚礼。

万事通一路兴高采烈地到了神父那里,但神父并不在。为了不耽误主人交代的事情,他只能在那里等着。20分钟后,他从神父那儿出来的时候,已经8点35分了。可他冲出来的样子着实有些滑稽,头发乱得像一堆稻草,帽子也不见了,他像一阵风似的从路上刮过,撞倒了许多行人。简直没有谁见过一个人能跑那么快!

万事通只用了3分钟就回到福格家里。他一进门,便栽倒在福格的房间,上气不接下气,话也说不上来。

"发生什么事了?"福格问。

"我的主人……"万事通结结巴巴地说,"婚礼……不能举行了。"

"明天不能结婚了?为什么?"福格问道。"因为明天……是星期日。"万事通回答说。

"不对。明天是星期一。"福格说。"今天……是星期六。"万事通答道。

"星期六?这不可能!"福格说。"是星期六,千真万确!"万事通大喊,"您搞错了一天,我们早回来24小时……现在只剩下10分钟的时间了……"

万事通说着,一把抓住主人的领子,发疯似的拖着他跑起来。

福格来不及考虑,就被拖出房间。两人出了大门,跳上一辆马车。为了让车夫在最短的时间里到达改良俱乐部,他们给了马车夫100英镑。马车飞奔起来,一路上轧死两条狗,撞坏五辆马车。

当福格出现在俱乐部大厅里时,大钟指针正好指向8点45分……

福格用80天时间环游了地球,他也赢得了赌注2万英镑!

可是这个如此精确、细心的人怎么会算错一天呢?他在出发后第79天,也就是12月20日星期五晚上到伦敦时,怎么会以为当天是12月21日星期六呢?

第三十四章 · 出人意料的结局

原因是这样的,福格向东走时,是迎着太阳升起的方向走的。那么,他朝东每走过一个经度,就等于提前4分钟看到太阳。这样地球的360条经度线乘以4分钟,就刚好是24小时,所以,他在不知不觉中多赢得了一天的时间。当他一直朝东走,看到80次日出时,在伦敦的诸位只看到了79次。这就是为什么这一天不是福格认为的星期日,而是大家在改良俱乐部等待他的星期六。

就这样,福格赢了这场赌约。48小时之后,福格与艾娥达举行了婚礼。他确实赢得了2万英镑,但在这次旅行中,他也花掉了差不多1.9万英镑。可以说,除了幸福,他什么也没得到。

编辑统筹：尚青云简·张艳

文字撰写：柚芽图文设计工作室

装帧设计：丁运哲

美术编辑：尚青云简·周邦雄

插图绘制：简爱插画工作室